검은
천사

검은 천사 7

임영기 장편소설

초판 1쇄 찍은 날 § 2016년 8월 12일
초판 1쇄 펴낸 날 § 2016년 8월 19일

지은이 § 임영기
펴낸이 § 서경석

편집책임 § 이지연

펴낸곳 § 도서출판 청어람
등록번호 § 제387-1999-000006호
등록일자 § 1999. 5. 31
어람번호 § 제1-2502호

주소 § 경기도 부천시 원미구 부일로 483번길 40 서경B/D 3F (우) 14640
전화 § 032-656-4452 팩스 § 032-656-4453
http://www.chungeoram.com
E-mail § chungeorambook@daum.net

ISBN 979-11-04-90927-6 04810
ISBN 979-11-04-90701-2 (세트)

7

메콩강

검은
천사

FUSION FANTASTIC STORY

임영기 장편소설

도서출판 청어람

차례

CONTENTS

제44장 골든트라이앵글 · 007

제45장 특전사 · 059

제46장 라오스 작전 · 111

제47장 707특임대 · 165

제48장 미션 임파서블 · 221

제49장 피에 젖은 두만강 · 271

검은
천사

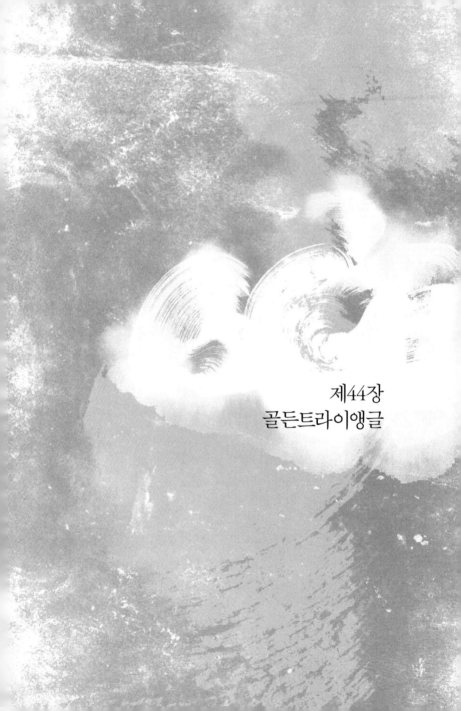

제44장
골든트라이앵글

　30대 초반의 당찬 체격과 강인한 인상의 사내가 정필과 김
길우를 보면서 입을 열었다.

　"최정필 씨입니까?"

　"내가 최정필이고, 이쪽은 김길우 씨입니다."

　정필이 대답하자 사내가 손을 내밀었다.

　"민효중입니다."

　정필도 손을 내밀어 민효중의 손을 잡았다. 민효중의 손은
크고 단단하며 억셌다. 평범한 선교 활동이나 하는 사람이 아
니라는 걸 단번에 느낄 수 있었다.

정필은 사내에게서 강인함과 더불어 다른 한 가지를 느꼈다. 그것은 국가의 일을 하는 사람에게서만 느껴지는 어떤 특별한 인상과 분위기였다.

국록(國祿)을 받는 사람은 여러 부류인데 민효중은 은밀하면서도 냉정한 사람처럼 느껴졌다. 그래서 정필은 민효중이 나랏일을 하는 사람 중에서도 특히 안기부 요원일 것이라고 짐작했다.

장중환 목사가 가르쳐 준 라오스의 조력자가 안기부 요원이라면 이건 전혀 뜻밖이다.

안기부가 탈북자 일에 깊이 관여하고 있었다는 얘기다. 그렇다면 민효중은 안기부 중에서도 대공10단 요원일 가능성이 크다.

그렇지만 정필은 민효중에게 안기부의 '안'자도 꺼내지 않고 본론부터 꺼냈다.

"사람들을 잠시 맡아줄 수 있겠습니까?"

정필은 밀림에서 있었던 일들을 간략하게 설명해 주었고, 설명이 끝나자 민효중은 적잖이 놀랐다.

"큰일이 있었군요."

민효중은 정필을 보며 감탄했다.

"밀림에서 탈북자 7명을 구하고, 또 악덕 브로커 3명까지 처치하다니. 게다가 다 죽어가던 탈북녀 한 명을 더 구하고,

역시 대단합니다. 소문 이상입니다."

듣고 있는 김길우는 자기가 칭찬받는 것보나 더 기분이 좋아서 어깨를 으쓱거렸다.

"그 8명을 맡아줄 수 있습니까?"

"내 역할은 태국 근처에서 최대한 가까운 곳까지 차로 이동시켜주는 겁니다. 그러니까 탈북자들을 맡아주는 것은 원래 방침에 없는 일입니다."

민효중은 잠시 생각에 잠겼다. 자신이 탈북자들을 맡으면 어디에 은둔시킬 것인가를 생각하는 것 같았다.

"알겠습니다. 며칠 동안이라면 8명은 내가 맡겠습니다."

민효중은 더 진지한 표정을 지었다.

"탈북자들을 내게 맡긴 다음에는 어떻게 할 계획입니까?"

"나머지 15명을 찾아서 데려올 겁니다. 그 다음에 모두를 이끌고 태국으로 가야지요."

민효중은 진중한 표정을 지었다.

"15명이 라오스 북부 지역으로 가고 있다고 했었죠?"

"그렇습니다."

"그들이 중국 땅으로 들어서면 더 이상 찾는 것은 곤란하게 됩니다."

"그 전에 찾아야지요."

"8명은 어디에 있습니까?"

정필은 숲을 가리켰다.

"저깁니다. 그런데 나중에 구한 여자는 많이 다쳤습니다. 치료가 필요한데 가능하겠습니까?"

민효중은 고개를 끄떡였다.

"내가 있는 곳은 오지라서 제대로 된 치료는 곤란하지만 응급치료는 가능합니다."

정필은 숲으로 걸어갔다.

"데려오겠습니다."

"내가 신호를 보내면 최대한 빠른 속도로 뛰어와서 차에 탑승시키도록 하십시오."

이곳은 한 시간 동안 기다려도 차가 한 대도 지나가지 않을 정도로 한적한 곳이라서 탈북녀 7명과 철민이를 소형 버스에 태우는 일은 어렵지 않았다.

정필은 서희를 맨 뒷자리에 눕히고 굴러 떨어지지 않도록 잘 묶어주었다.

"오라바이, 언제 오십니까?"

"실종된 사람들을 찾으면 돌아올 거다."

정필이 돌아서는데 서희가 안타까운 표정으로 물었다.

"꼭 돌아오실 거지요?"

"내가 널 태국에 보내줄 거라고 약속했었지?"

"네."

성필은 서희를 안심시키기 위해서 고개를 숙여 그녀의 이마에 입맞춤을 해주고 소형 버스에서 내렸다.

기다리고 있던 민효중이 염려 어린 얼굴로 말했다.

"여긴 나 혼자뿐이라서 정필 씨를 돕지 못합니다."

정필은 싱그러운 미소를 지었다.

"효중 씨가 여기에 있다는 사실이 이미 나를 돕고 있는 겁니다."

정필이 민효중의 손을 놓고 돌아서 비포장도로를 건너가는데 뒤에서 민효중이 당부했다.

"찾지 못하면 돌아오십시오. 빠를수록 좋습니다."

정필은 그 말에 대답하지 않았다. 그는 실종자들을 찾지 못한다는 생각은 하지 않았다. 그러므로 빈손으로 돌아갈 생각은 애당초 없다.

정필과 김길우, 옥단카는 서희를 구했던 절벽 지대를 2시간 전에 통과했다.

실종된 탈북자들의 흔적은 남데강 동쪽 강변을 따라서 북쪽, 혹은 북서쪽으로 이어졌다.

북쪽, 혹은 북서쪽이라고 하는 것은 남데강이 북쪽이나 북서쪽으로 이어져 있으며 실종된 탈북자들이 강을 따라서 상류로 이동하고 있다는 뜻이다.

여기에서 한 가지 의문이 생긴다. 이곳이 아무리 밀림 지대이고, 또 실종자들에게 컴퍼스, 즉 나침반이 없다고 해도 해가 뜨고 지는 것을 보면 동서남북 방향 정도는 어렵지 않게 알 수 있을 것이다.

또한 실종자들은 목적지인 라오스와 태국 국경을 흐르는 메콩강이 이곳에서 남쪽에 있다는 사실은 이미 숙지하고 있을 텐데도 어째서 계속 북쪽 혹은 북서쪽으로만 가고 있느냐는 것이다.

남데강 동쪽 길은 비포장도로다. 또한 남데강을 따라 이어져 있지만 흔히 알고 있는 강둑길이 아니라 줄곧 밀림을 관통하고 있다.

말하자면 이 비포장도로와 남데강은 짧게는 몇 백에서 길게는 몇 km의 거리를 두고 나란히 이어져 있는 것이다.

그런데 비포장도로를 따라서 북상하고 있는 정필 일행 앞에 또 하나의 강이 나타났다.

동쪽에서 흘러온 작은 강이 남데강으로 합류하고 있는데 옥단카는 작은 강이 '남밴강'이라고 알려주었다.

그리고 옥단카는 1km쯤 가면 남밴강을 건너는 다리가 있다고 덧붙였는데 과연 1km쯤 가니까 제법 튼튼해 보이는 다리가 나타났다.

정필 일행이 다리를 건너려는데 왼쪽으로 크게 굽은 다리 건너 전방에서 한 대의 차가 먼지를 일으키면서 달려오는 게 보였다. 세 사람은 재빨리 숲 속으로 뛰어들었다.

부우웅―

세 사람이 지켜보는 가운데 트럭 한 대가 뿌얀 흙먼지를 일으키며 강 하류 쪽으로 달려갔다.

정필 일행은 숲 속으로 뛰어든 김에 식사를 하면서 휴식을 취하기로 했다.

세 사람의 배낭에는 민효중이 보급해 준 10일치 간이 식량이 들어 있어서 그것으로 대충 끼니를 때웠다.

식량을 10일치나 갖고 온 것은 실종자들 때문이다. 실종자들이 굶고 있을 것이라고 생각하면 식량을 더 많이 가져와야 하겠지만 그러면 무거워서 이동하는 데 지장이 있기 때문에 최대한 많이 가져왔다.

"길우 씨 생각은 어떻습니까?"

정필은 자기 혼자서 아무리 생각을 해봐도 실종자들이 북쪽 혹은 북서쪽으로 가고 있는 것을 납득할 수가 없어서 김길우에게 물었다.

"저는 모르갔슴다."

김길우에게 어떤 기대를 하고 물은 것은 아니었지만 역시 그는 고개를 가로저었다.

중국 동북단 길림성 연길에서만 태어나서 자란 그가 중국 최남단 국경을 넘은 이곳 라오스에 대해서 알고 있을 리가 없다.

그때 옥단카가 물을 마시고 나서 뭐라고 말했다.

"옥단카 말로는 말임. 실종자들이 미엔디엔이나 태국으로 가는 것 같담다."

"미엔디엔이 어딥니까?"

"미엔디엔 모르심까?"

"처음 들어봅니다."

"중국 서쪽 아래에 있는 나라 있잖슴까?"

"미엔디엔이 나라입니까?"

"그렇슴다."

정필은 머릿속에서 지도를 그려보다가 '미엔디엔'이 어느 나라인지 깨닫고 고개를 끄떡였다.

"미얀마를 말하는 거로군요."

김길우가 고개를 크게 끄떡였다.

"아! 그렇슴다! 미엔디엔이 미얀마라고 하는 걸 들은 적이 있슴다!"

정필은 남데강 서쪽, 즉 라오스 서쪽이 미얀마라는 사실을 알고 있다.

그렇지만 설마 실종자들이 미얀마로 갈 거라는 생각은 지금도 하지 않는다.

김길우가 옥단카의 말을 통역했다.

"탈북 루트는 라오스 남쪽으로 가는 길만 있는 게 아니랍다. 멀고 험한 길을 돌기는 하지만 서쪽으로 가서 미얀마나 태국으로 들어가는 것도 방법이긴 하답다. 하지만 남쪽으로 가는 것보다 몇 배나 멀고 힘들답다."

그 말을 듣고 보니까 정필은 실종자들이 북쪽 혹은 북서쪽으로 가고 있는 게 무턱대고 가는 것은 아니라는 생각이 들었다.

목숨을 걸고 무턱대고 갈 리가 없다. 그렇다면 무슨 생각이 있어서 가는 것인데, 그게 옥단카 말대로 미얀마나 태국으로 가는 것일까 곰곰이 생각해 보았다.

현재 미얀마는 정국이 뒤숭숭하고 라오스와의 국경은 험준한 산악 지대이며 그 일대에는 반군까지 득실거려서 탈북 루트로는 최악이다.

설사 거길 넘어서 미얀마로 들어간다고 해도 그 나라에서는 대한민국으로 입국할 방법이 없다. 있다고 해도 굉장히 복잡하고 오래 걸릴 게 분명하다. 대한민국은 미얀마와의 외교 채널이 없기 때문이다.

"중국으로 가는 것은……?"

옥단카가 단칼에 잘랐다.

"중국으로 되돌아가는 것은 대한민국행을 포기하는 것이고 또한 북송되는 것을 각오하는 것이라서 절대 그럴 리가 없다고 그런다."

정필의 생각도 그렇다. 탈북자들, 특히 이곳 밀림까지 온 탈북자라면 각오가 대단할 것이다.

다들 품속에 아편이나 빙두, 바늘 같은 것들을 깊이 간직하고서 일단 유사시에는 그걸 삼켜서 자살한다는 모진 마음을 먹고 있다.

그런 각오를 품고 있는 탈북자들이니까 중국으로 되돌아간다는 생각 자체를 하지 않을 것이다.

팔락······.

정필은 지도를 펼치고 남데강 너머 서쪽 라오스와 미얀마의 국경 지대를 자세히 들여다보았다.

두 나라의 국경 사이에는 메콩강이 구불구불하고도 길게 이어져 있었다.

메콩강을 경계로 두 나라의 국경이 형성되었으며, 국경 지대의 길이만 약 450㎞에 달하고, 메콩강 양쪽은 온통 높고 험한 산악 지대다.

그리고 중요한 것은 450㎞ 안에 다리, 즉 교량이 단 하나도 없다는 사실이다.

정필은 고개를 가로저었다.

'실종자들이 여길 건넌다는 깃은 말도 되지 않는다. 설혹 급류를 건넌다고 해도 미얀마 산악 지대에서 뭘 어떻게 하겠다는 것인가?'

어쩌면 실종자들도 지도를 갖고 있을지 모른다. 그렇다면 그들도 미얀마로 가는 것은 불가능하다는 사실을 익히 알고 있을 것이다.

정필은 손가락으로 메콩강을 짚고 아래 남쪽으로 천천히 훑으면서 한참을 내려오다가 뚝 멈췄다.

'여기……'

그의 손가락이 멈춘 곳은 뜻밖에도 태국 북동 지역이다. 아니, 메콩강을 경계로 라오스와 미얀마, 태국 3국의 국경이 서로 겹쳐져 있었다.

그리고 거기에 영어로 큼직하게 적혀 있었다.

Golden Triangle

'골든트라이앵글……'

정필은 속으로만 중얼거리면서 갑자기 가슴이 답답해지는 것을 느꼈다.

골든트라이앵글은 전 세계 헤로인의 70%를 생산하는 미얀

마, 태국, 라오스의 산악 국경 지대를 일컫는 말이고, 정필은
그것에 대해서 어느 정도 알고 있다.

정필이 골든트라이앵글에 손가락을 대고 가만히 있는 걸
보고 옥단카가 뭐라고 말하고 김길우가 통역했다.

"옥단카 말로는 실종자들이 이곳을 향해서 갔을 거랍다. 서
쪽으로 가는 루트는 미엔디엔… 아니, 미얀마를 제외하면 여
기밖에 없담다. 실종자들이 미얀마로 갈 가능성은 아주 희박
하담다."

"여기가 어딥니까?"

"태국 치앙라이라고 한다."

"치앙라이……."

지도를 보니까 정필 일행이 현재 있는 곳에서 치앙라이까
지 직선거리로 500㎞쯤 됐다.

울창한 밀림을 통과하고, 또 산악 지대를 넘는 것까지 계산
하면 500㎞에 300~400㎞는 더해야 할 것이다.

실종자들을 누가 이끌고 있는지 모르지만 틀림없이 미친놈
이거나 정신이 나간 놈일 것이다.

옥단카가 손을 저으면서 뭐라고 말했다.

"치앙라이 일대는 마약꾼들이 우글거려서리 까딱하다가는
총 맞아 죽는담다."

정필이 알기로 골든트라이앵글에는 수많은 양귀비 경작지

가 있으며, 양귀비에서 헤로인을 추출하는 비밀 공장들과 그걸 운반, 유통하는 조직들이 곳곳에 산재해 있고, 그들은 하나같이 중무장한 상태라고 했다.

그러므로 정필 일행이나 실종자들이 그들과 마주치게 된다면 죽었다고 복창해야 할 것이다.

옥단카, 김길우와 잠시 더 얘기를 해본 정필은 실종된 탈북자들이 태국 치앙라이로 향하고 있다는 결론을 내렸다.

실종자들 중에 리더 행세를 하는 사람이 그래도 제정신이 조금 박혀 있다면 미얀마가 아니라 태국 치앙라이로 향했을 것이다.

태국은 탈북 난민을 인정하니까 메콩강을 건너기만 하면 성공하는 것이다.

정필은 옥단카가 아직 심중에 담고 있는 얘기를 다 꺼내놓지 않았다고 여겼다.

"옥단카, 네 생각은 어떠냐?"

정필의 생각은 적중했다. 옥단카는 이미 실종자들의 행로를 대충 짐작하고 있는 듯했다.

옥단카는 그들이 현재 상황에서 취할 수 있는 행동을 그들이 지금 처해 있는 여건에 비추어 도출해 냈다.

"치앙라이는 서쪽에 있으니까니 그들이 서쪽으로 가고 있지만 말임다. 남데강이 가로막혀서 강을 건너지 못하는 상황이람다. 기니끼니 강을 건널 수 있는 곳을 찾아 계속 북쪽이나 북서쪽으로 갈 거람다."

"남데강을 건널 수 있는 곳이 어디냐?"

"삼판이라는 곳인데 여기에서 북쪽으로 45㎞ 거리람다."

방학수가 16명의 탈북자를 버렸을 것으로 옥단카가 추정한 지점에서 여기까지 북북서로 65㎞쯤이다.

"옥단카 말로는 실종자들이 이미 삼판의 다리를 넘었을 거라고 함다."

정필은 지도를 가리키며 옥단카에게 물었다.

"네 생각에 그들이 지금쯤 어디에 있을 것 같으냐?"

옥단카는 지도를 잘 보더니 한 곳을 짚었다.

"퐁살리."

정필이 지도를 살펴보니까 남데강의 다리가 있는 삼판에서 남서쪽으로 비스듬히 뻗은 도로 중간이 퐁살리다.

거리는 삼판에서 약 70㎞ 정도이고 이곳에서는 115㎞다. 현재 정필 일행이 있는 곳에서 직선거리로는 불과 30㎞밖에 안 되는 곳이지만 그것은 남데강 급류를 헤엄쳐서 건넜을 때의 얘기다.

"옥단카, 라오스 말을 할 줄 아니?"

정필의 물음에 옥단카가 고개를 끄떡였다. 그녀는 못 하는 게 없었다. 과연 부르카가 그녀를 미린지샹이라고 치켜세울 만했다.

정필 일행은 다리가 있다는 삼판을 향해 빠른 걸음으로 북상하다가 뒤에서 달려오는 차를 발견하자 정필과 김길우는 재빨리 숲으로 숨었다.

그렇지만 옥단카는 비포장도로 한복판에 서서 달려오는 차를 마주 바라보았다.

부우웅—

뛰뛰이이!

달려오는 매우 낡은 트럭의 운전수가 옥단카를 발견하고 목 쉰 감기 환자처럼 경적을 울렸다.

숲 속에서 지켜보고 있는 정필과 김길우는 속도를 줄이지 않고 달려오는 트럭이 옥단카를 치고 지나갈 것 같은 기분이 들었다.

그런데도 옥단카는 꼼짝도 하지 않고 그 자리에 서서 달려오는 트럭을 향해 멈추라고 손을 들고 있었다.

그 모습을 보고 정필은 차를 멈추게 하는 일을 옥단카에게 잘못 시킨 것 같다는 생각마저 들었다.

그런데 옥단카를 치고 달려갈 것 같은 트럭이 그녀의 5m 앞에서 뽀얀 흙먼지를 일으키며 정지했다.

끼이익!

트럭에서 남자 한 명이 뛰어내리더니 옥단카를 때릴 것처럼 달려들며 라오스 말, 즉 라오어로 고함을 질렀다.

그러자 옥단카가 손에 한 장의 지폐를 쥐고 흔들어 보이면서 뭐라고 외쳤다.

남자가 돈과 옥단카를 번갈아 쳐다보면서 때릴 것 같은 기세를 누그러뜨렸다.

옥단카는 남자가 잘 볼 수 있도록 몇 걸음 가까이 다가가서 10달러짜리 지폐를 두 손으로 잡고 펼쳐 보이며 정필이 시킨 대로 말했다. 태워주면 이런 걸 10장, 즉 100달러를 주겠다고 말이다.

달러는 세계 어느 나라든 가장 강력한 무기다. 그것도 후진국일수록 직방으로 먹힌다.

모르긴 해도 100달러면 라오스의 트럭 운전수 일 년치 연봉보다 많을 것이다.

부우웅—

정필과 김길우, 옥단카를 태운 트럭은 남데강을 따라 상류로 달리다가 삼판에서 다리를 건너 다시 남서쪽으로 꺾어져 질주했다.

정필 일행이 걸어서 꼬박 하루 이상 걸릴 거리를 트럭은 불과 2시간 만에 주파하여 퐁살리에서 내려 주었다.

약속대로 100달러를 손에 쥔 트럭 운전수는 입이 귀까지 찢어지도록 좋아하며 먼지를 일으키면서 멀어졌다.

정필 일행이 조금이라도 더 가서 내리면 편하겠지만 그랬다 간 실종자들을 지나칠 수도 있기 때문에 옥단카가 예상했던 지점에서 훨씬 못 미친 곳에 하차했다.

옥단카는 내린 곳 주변에서부터 실종자들의 흔적을 샅샅이 살펴보기 시작했다.

정필이 지켜본 바에 의하면, 그녀가 흔적을 찾는 방법은 크게 세 가지다.

비포장도로 가장자리의 발자국이나 대소변을 본 흔적, 그리고 적당한 장소에서의 휴식을 취한 흔적이다.

정필도 옥단카 옆에서 그녀가 하는 대로 주위를 살펴보면서 천천히 전진했다.

지금 중요한 것은 실종자들이 여기까지 왔는지, 아니면 아직 오지 못했는지, 그것도 아니면 여길 지나쳐서 얼마나 갔는지를 알아내는 일이다.

그때 정필의 눈이 빛났다. 발자국을 발견한 것이다. 비포장도로 오른쪽 길가의 메마른 황토 바닥에 어수선하게 여러 개의 발자국들이 한쪽 방향, 즉 정필 일행이 원래 진행하던 방향으로 이어져 있었다.

옥단카가 보더니 살짝 미소 지으면서 고개를 흔들었다.

"아니람다. 이곳 주민들 발자국이람다."

"그걸 어떻게 안답니까?"

"이곳 주민들은 말임. 대부분 맨발로 다니거나 신발을 신어도 신발 바닥이 밋밋한데 실종자들 신발은 여러 가지 무늬가 있담다."

정필이 다시 보니까 과연 흙바닥에 난 발자국들은 밋밋하거나 발가락 자국이 있었다.

남쪽 루트로 밀림을 통과하는 탈북자들은 전부 새로 산 질 좋은 운동화를 신으니까 이 발자국은 아니다.

"찾았다!"

그때 옥단카가 한국말로 외치는 소리가 들렸다. 그런데 길이 아니라 숲 속이다.

숲 속으로 달려 들어간 정필과 김길우는 길에서 20m쯤 떨어진 숲 속에 옥단카가 서 있는 것을 발견했다.

조금 전까지 길에 있었는데 그녀가 언제 숲 속에 들어갔는지 특전사 출신인 정필마저도 알지 못했다. 하여튼 신출귀몰하는 옥단카다.

"그들은 여기에서 휴식을 했담다. 그리고……."

통역하는 김길우가 숲 속의 작은 공터 곳곳을 살피는 옥단카를 눈으로 좇다가 5분쯤 후에 말을 이었다.

"모두 9명인데 반나절 전에 출발했담다."

정필은 미간을 찌푸렸다.

"9명이라고요? 확실합니까?"

김길우는 당황해서 옥단카를 쳐다보며 다시 물었다. 그녀는 공터 근처를 살피고 있었다.

"9명, 아니면 많아야 10명이람다. 그리고 여기에서 뭔가를 먹은 흔적은 전혀 없담다. 말하자면 먹을 것이 떨어졌다는 거이람다."

"아……."

정필은 새로운 사실 하나를 깨닫고 놀라서 낮은 탄성을 토해내고 말았다.

15명이어야 하는 실종자가 9~10명으로 줄어든 이유를 깨달았기 때문이다. 문제는 식량이다.

그들은 이미 오래전에 먹을 것이 바닥났을 것이고, 굶주림을 견디지 못한 사람들이 도태되고, 체력이 허락되는 사람들만 목적지를 향해서 전진했을 것이다. 그러기 위해서는 그들도 많은 고민과 갈등을 했을 것이다.

옥단카가 다시 공터로 돌아왔다. 그녀는 공터에서 실종자들이 식사를 한 흔적을 찾지 못하고 주변을 살폈는데, 그들이 대변을 본 흔적을 하나도 발견하지 못했다고 한다. 먹은 것이 없으니까 배설도 하지 않은 것이다.

이곳에 9~10명이 머물다가 출발했다면 나머지 5~6명은 도태됐을 것이다.

고민 끝에 정필은 아까 트럭을 타고 왔던 길을 되짚어서 가기로 결정하고 실행에 옮겼다.

너무 굶주린 탓에 걸을 힘이 없어 도태된 낙오자들을 찾아내기 위해서다.

낙오자들을 그대로 내버려 둔다면 꼼짝 못한 상태에서 아사하거나 도로를 달리는 차에 도움을 요청하다가 붙잡히는 신세가 되고 말 것이다.

정필은 아직 걸을 수 있는 사람들보다는 움직이지 못하는 사람들을 구하는 것이 우선이라고 판단했다.

'멍청하게… 그런 걸 생각하지 못하다니…….'

정필은 도로 가장자리를 힘차게 달리면서 스스로를 책망했다. 그렇지만 설사 그 사실을 미리 깨달았다고 해도 어쩔 방법이 없었다.

아까 트럭을 얻어 타지 않았다면 정필 일행은 지금쯤 남데강을 건너지도 못했을 정도로 뒤처졌을 테니까 엎어치나 매치나 마찬가지 상황이다.

그러면서도 정필은 자신을 꾸짖고 있다. 실종자들을 아직 발견하지 못한 것과 그들이 고통을 당하고 있다는 사실이 안타까워서 미칠 지경이기 때문이다.

'반드시 찾고야 말겠다……! 내가 당신들을 찾아내기 전에는 절대로 죽어서는 안 된다!'

정필은 김길우가 따라오지 못하고 뒤로 처지고 있다는 사실조차도 알지 못했다.

"준샹!"

그때 뒤쪽에서 옥단카의 외침이 들려서 정필은 급히 뛰는 것을 멈추고 뒤돌아보았다.

"준샹—!"

옥단카는 보이지 않는데 뒤쪽 숲 속에서 옥단카의 다급한 외침이 더 크고 처절하게 터져 나왔다.

뭔가 일이 터졌다고 판단한 정필은 즉시 숲 속으로 뛰어들며 소리쳤다.

"옥단카! 어디 있느냐?"

그런데 이번에는 옥단카의 대답과 이상한 포효가 뒤섞여서 같이 들렸다.

"준샹—!"

끄어엉—!

숲 속으로 달려 들어가던 정필은 그 소리에 움찔했다. 방금 그 소리는 맹수의 포효가 분명했다.

그리고 그는 길에서 숲 속으로 15m쯤 달려 들어갔을 때,

마침내 눈을 의심하게 만드는 광경을 발견하고 그 자리에서 온몸이 굳어버렸다.

저만치 10m쯤 전방에 뒷모습을 보인 채 칼을 뽑아서 오른 손에 쥐고 있는 옥단카가 한 마리의 커다란 호랑이하고 정면 으로 대치하고 있는 광경이 보였다.

'맙소사… 호랑이라니…….'

정필은 숨이 턱 막혔다. 그뿐만 아니라 갑자기 머릿속이 텅 비어서 아무 생각도 나지 않았다. 동물원에서 본 적이 있는 거대한 호랑이를 밀림에서 보게 될 줄은 한순간도 생각해 본 적이 없었다.

호랑이가 얼마나 큰지 그 앞에 서 있는 옥단카는 한 마리 강아지 같았다.

"터터우! 총을 쏘십쇼!"

뒤에서 김길우의 악에 받친 외침이 터지지 않았다면 정필은 언제까지나 그렇게 넋 놓고 서 있었을 것이다. 그만큼 거대한 호랑이가 던져준 충격이 컸다. 무서웠던 게 아니라 단지 충격 이 컸을 뿐이다.

정필은 급히 파카 안주머니에 손을 넣으면서 몇 걸음 앞으 로 나아갔다.

그가 cz-75를 뽑을 때, 옥단카가 칼을 쥔 오른손을 앞으 로 내밀면서 5m 앞에서 으르렁거리고 있는 호랑이를 을러대고 있었다.

"쉬잇! 쉿!"

크르르르……

그러나 호랑이는 입을 반쯤 벌리고 희고 큰 이빨을 드러낸 채 빛이 뿜어지는 듯한 눈으로 옥단카를 노려보며 으르렁거릴 뿐이다.

크워억!

그 순간 느닷없이 호랑이가 번쩍 거구를 날렸다. 송아지보다 더 큰 몸집의 인도차이나 호랑이가 어떻게 저토록 민첩할 수 있는지 놀랄 일이다.

그러나 옥단카는 겁을 먹거나 물러서지 않고 오른손의 칼을 앞으로 뻗으며 오히려 돌진했다.

투쿵! 쿵! 쿵!

순간 cz—75가 불을 뿜었다.

끄헝!

호랑이가 또 한 차례 포효를 터뜨리더니 그대로 옥단카를 덮쳐 버렸다.

"옥단카!"

정필이 튀듯이 달려가며 부르짖었다. 만약 방금 그가 쏜 총알이 호랑이를 정확하게 맞추지 못했다면 옥단카는 호랑이에게 죽거나 중상을 당하고 말 것이다.

크르르르……

그런데 호랑이가 땅에 엎어진 자세에서 거대한 몸을 꿈틀거리기만 할 뿐 움직이지를 않았다.

정필이 가까이 다가가서 보니까 호랑이의 목과 머리, 콧등에서 피가 흐르고 있는데 방금 전에 쏜 3발의 총알이 모두 제대로 명중한 것이다.

"준샹……."

그런데 호랑이 아래쪽에서 옥단카의 목소리가 들렸다.

정필은 급히 cz-75를 허리춤에 꽂고 두 손으로 호랑이 목을 잡고 온 힘을 다해서 젖히는데 워낙 무거워서 꼼짝도 하지 않았다. 호랑이의 키가 3m에, 무게는 족히 200㎏ 이상 나갈 듯했다.

"길우 씨!"

"아… 네… 가, 갑니다!"

겁먹은 김길우는 주춤주춤 다가오더니 눈을 질끈 감고 정필 옆에서 호랑이의 다리를 잡아당겼다.

한참 동안 실랑이를 하고서야 호랑이를 뒤집는 데 성공하여 옥단카가 빠져나왔으며, 그즈음에는 이미 호랑이의 숨이 끊어졌다.

"옥단카, 괜찮으냐?"

정필이 부축해서 일으키자 옥단카는 생긋 웃었다.

"옥단카 괜찮다."

그녀는 칼에 묻은 피를 호랑이 털에 슥슥 문질러서 닦더니 목걸이 칼집에 꽂았다.

정필은 옆으로 누워 있는 호랑이 목에 칼에 찔린 자국이 있는 걸 보고 적잖이 감탄했다. 옥단카는 호랑이가 덮치는 순간에도 전혀 동요하지 않고 정확하게 호랑이 목을 찌른 것이다.

정필은 보면 볼수록 옥단카가 대견해서 그녀의 머리를 쓰다듬었다.

옥단카는 정필을 올려다보면서 생긋 미소 지었다.

"터터우! 여길 좀 보기요!"

그때 김길우가 놀란 듯한 큰소리로 외쳤다.

정필은 그쪽을 쳐다보다가 눈이 커졌다. 숲 속 아담한 공터에 한눈에도 탈북자로 보이는 사람들이 땅바닥에 앉아 있거나 누워 있었기 때문이다.

실종자들을 찾아낸 것도 옥단카의 공이다.

정필이 낙오한 실종자들을 찾으려고 비포장도로를 달려갈 때, 옥단카는 숲 속으로 뛰면서 수색했었다.

처음에 옥단카가 발견한 것은 숲 속 공터에 모여 있는 실종자들이었고, 직후에 바로 근처에서 실종자들을 노리고 있는 호랑이를 발견하고 정필을 불렀던 것이다.

사실 옥단카는 아까 호랑이가 덮칠 때 호랑이 발톱에 어깨를 찔렸는데 상처가 겉으로 드러나지 않아서 정필은 모르고 넘어갔다.

공터에 모여 있는 실종자는 5명이었다. 모두 여자이며 20대에서 40대까지의 어른들이다.

그녀들은 정필이 누군지 알아보고는 일제히 울음을 터뜨리며 이젠 살았다고 힘없이 중얼거렸다.

"어흑흑… 아이고, 정필 씨……"

"으흐윽…! 미카엘 님… 우리를 어찌 찾았슴까? 우리는 이대로 딱 죽는 줄로만 알았슴다……"

16명의 실종자는 모두 베드로의 집에서 생활했기 때문에 정필이 누군지 잘 알고 있었다.

정필이 아픈 사람이 없는지 실종자들을 살펴보는 동안 옥단카는 주위를 둘러보러 갔다.

정필은 이곳에 낙오된 사람이 5명이니까 앞서간 사람이 10명일 것이라고 생각했다.

옥단카가 앞서간 사람이 9~10명일 거라고 예상했는데 눈으로 본 것처럼 정확했다.

정필이 한 사람씩 살펴본 결과, 이곳에 있는 실종자 5명은 모두 극도로 허기가 져서 낙오됐을 뿐이지 아픈 사람은 없었다.

잠시 후에 옥단카가 돌아와서 모두 밤을 지낼 적당한 장소를 찾았다고 했다. 그러고 보니까 벌써 날이 어둑어둑해지기 시작했다.

정필은 앞선 실종자들이 무리하게 밤에는 이동을 하지 않을 것이다. 또한 그들도 굶주린 상태이기 때문에 그리 멀리 가지는 못했을 것이라 보고 오늘은 여기에서 야영을 하기로 결정했다.

옥단카가 찾아낸 장소는 기묘한 곳이었다. 절벽에 한 사람이 겨우 선 채로 들어갈 정도의 틈이 있는데, 그곳으로 구불구불 15m쯤 들어가니까 10여 명이 충분히 쉴 수 있는 아담한 공간이 나타났다.

사방이 온통 둥그렇게 절벽으로 막혀 있어서 찬 공기가 들어오지 않아 한밤중에 기온이 내려가도 이곳은 따뜻할 것 같았고, 또 불을 피워도 외부에서는 보이지 않을 테니 괜찮을 듯했다.

타닥탁…….

정필은 어두워지기 전에 옥단카를 시켜서 미리 준비해 둔 마른 나뭇가지들로 절벽 안쪽 공터에 제법 큼직한 모닥불을 피웠다. 그러고 나서 실종자들을 한 사람씩 업거나 안아서 옮

겨와 모닥불 근처에 가지런히 눕혔다.

김길우와 옥단카는 먹을 것을 꺼내 실종자들에게 나눠주었으나 그녀들은 딱딱한 것을 씹거나 삼킬 힘마저도 없이 누워 있었다.

정필은 김길우에게 반합에 간이 식품을 넣고 모닥불에 끓여서 죽을 만들라고 지시했다.

통조림 햄과 소시지, 콩, 옥수수, 비스킷, 쌀 등을 한꺼번에 쏟아 넣고 거기에 물을 부어서 팔팔 끓인 잡탕죽의 냄새가 모두의 침샘을 자극했다.

정필과 김길우, 옥단카가 탈북녀 5명을 부축하여 일일이 죽을 떠먹이고, 그녀들이 어느 정도 기운을 차린 시간은 밤 9시가 조금 넘었다.

정필이 탈북녀들에게 죽을 먹이면서 알게 된 새로운 사실이 세 개가 있다.

하나는 여기까지 오는 동안 탈북자 중에 54세의 여자가 독사에 물려서 몹시 고통스러워하면서 앓다가 결국 하루 만에 죽었다는 사실이다.

죽은 여자는 남편과 딸, 손자까지 4명이 일행이었으며, 가족이 그녀의 시신을 땅에 묻고 출발했다고 한다. 그러니까 죽은 여자의 가족은 앞선 그룹에 속해 있는 것이다.

또 하나의 사실은 이 무리의 리더가 있었다는 얘기다. 리더는 남자로 57세이고, 독사에 물려서 죽온 여자의 남편이며, 평양과학기술대학의 교수라고 한다.

그 사람이라면 정필도 베드로의 집에서 한 번 보고 인사를 나누었던 기억이 있다.

그는 북한의 최고 두뇌들이 모였다는 평양과학기술대학의 교수로서 무척이나 다정다감한 성품의 소유자인 동시에 박학다식한 지식인이었다.

그가 실종자들을 이끌었다면 그냥 발길 가는 대로 아무 데나 가는 게 아닐 것이다.

그리고 마지막 하나는 앞서간 9명이 이틀 전에 도태한 5명과 헤어졌다는 사실이다.

5명의 탈북녀는 죽을 배불리 먹은 후에 정필 등이 모닥불 주위에 깔아준 푹신한 풀에 누워서 잠을 청했다.

"정필 오라바이, 현지명 동지는 태국의 치앙라이라는 곳으로 가겠다고 했슴다."

흑룡강성 산골에 팔려가 모진 고생을 하고 있는 것을 정필이 구해다가 베드로의 집에 맡겼던 22살의 이현순이 모닥불 불빛에 발개진 얼굴로 정필에게 말했다.

현지명 동지는 이 무리의 리더인 평양과학기술대학 교수를 가리키는 것이다.

정필은 5명의 탈북녀들 중에서 가장 또릿또릿하고 회복이 빠른 이현순 곁으로 가서 머리맡에 앉았다.

"브로커가 갑자기 사라져 버려서리 우린 많이 놀라고 당황했다는 말임다. 그래서리 어카면 좋은가고 다들 우왕좌왕하는데 현지명 동지가 지도를 펼쳐서 한참 궁리를 하고는 글케 결정을 한 거임다."

원래 루트는 중국 최남단에서 베트남으로 진입하여 라오스로 들어가 계속 남하해서 국경 지대인 밴퉁까지 갔다가 그곳에서 메콩강을 건너 태국의 뽕깐으로 밀입국하는 것이라고 정필은 알고 있다.

브로커 방학수가 16명의 탈북자를 버린 위치에서 밴퉁까지의 거리는 1,200㎞다.

물론 직선거리는 그보다 짧겠지만 라오스의 도로 형편이 좋지 않은 데다 대부분 험준한 산악 지대라서 많이 돌아야 하기 때문이다.

그 엄청난 거리를 줄곧 걸어서만 갈 수 없기 때문에 중간에 브로커가 준비한 차량으로 최대한 남쪽으로 갈 수 있는 데까지 이동하는데 그 거리가 1,100㎞ 정도라고 한다.

그러니까 탈북자들이 중국 최남단에서 밴퉁까지 밀림 속을 순전히 두 발로 걸어야 하는 거리는 약 230㎞다.

현지명은 브로커가 사라져 버려서 차량을 이용할 수 없는 상황에 처했기 때문에 걸어서 태국으로 들어갈 수 있는 최단거리를 계산하여 골든트라이앵글인 치잉라이로 결정했던 모양이다.

16명의 탈북자가 방학수에게서 버림을 받은 장소에서 남쪽 국경인 밴퉁까지는 1,200㎞이고, 서쪽 국경인 치앙라이까진 600㎞니까 남쪽의 딱 절반 거리다.

브로커가 사라진 탓에 어차피 차량을 이용하지 못하게 된 바에는 가까운 거리로 가겠다는 것이 현지명의 결정이었던 것 같았다.

정필이 그런 상황에 처했더라도 현지명보다 더 좋은 방법을 찾아내지는 못했을 것이다. 물론 중국으로 되돌아가는 방법을 제외한다면 말이다.

이런 사실을 알기 전까지 정필은 실종자들이 맹목적으로 남데강을 따라 북쪽으로 가는 것이라고 추측했었다.

그래서 도대체 어떤 놈이 리더인지 미쳤거나 정신 나간 놈이라고 일축했었는데, 알고 보니까 그게 아니라 뚜렷한 목적지를 갖고 이동하는 중이었다.

이현순이 피곤에 지친 눈에 희망을 담고 말갛게 정필을 바라보았다.

"정필 오라바이, 우리는 이자 죽지 않갔지요?"

정필의 손을 거쳐 간 어린 여자들은 하나같이 그를 '오라바이'라고 부른다.

정필은 이현순의 머리를 쓰다듬었다.

"죽긴 왜 죽니? 걱정 마라, 현순아. 내가 무사히 태국까지 데려다주마."

"옴마? 오라바이, 제 이름 기억하고 계셨습까?"

"그럼."

정필은 이현순의 잠자리를 보살펴 주고는 일어나 눈짓으로 김길우와 옥단카를 따로 불렀다.

"어떻게 하는 게 좋겠습니까?"

정필은 속으로 어떤 결정을 내렸지만 김길우와 옥단카의 의견을 들어보기로 했다.

"여기까지 와서 돌아가는 거이 어렵지 않갔습까?"

이곳에서 안기부 요원 민효중과 만나기로 한 장소까지 되돌아가는 거리는 약 170㎞이고 치앙라이까지는 250㎞ 정도가 남았다.

"되돌아갈 바에야 치앙라이까지 가는 게 낫갔습다. 그것도 그렇지만 앞서간 사람들도 찾아야 하지 않갔습까?"

김길우는 자신의 생각을 터놓고 말했다.

이번에는 옥단카가 까만 눈을 깜빡거리면서 자신의 의견을 내놓았다.

"차로 가자고 한다."

"차?"

옥단카는 유난히 조그맣고 빨간 입술로 종알거렸다.

"여기에서 치앙라이 가까운 국경까지 트럭 같은 차량을 타고 가자는 걸다. 우리가 아까 했던 것처럼 운전수에게 돈을 주면 될 거람다."

"아……."

정필은 갑자기 머릿속이 환해지는 느낌이다. 항상 궁해지면 옥단카가 해답을 제시했다.

그러나 그는 곧 씁쓸한 표정을 지었다. 여기에 있는 탈북녀 5명은 차에 태워서 이동한다고 해도 앞서간 9명을 찾아내서 함께 차에 같이 태우고 가야 한다는 문제가 남았다.

앞서간 9명은 비포장도로로 걷다가도 뒤에서 차가 달려오는 걸 보면 즉시 숲 속으로 숨을 것이 분명하다. 그렇기 때문에 정필 등이 차를 타고 가다가 그들을 발견해서 차에 태울 수가 없는 것이다.

방법이 전혀 없는 것은 아니다. 누군가 먼저 가서 그들을 찾아내 길가에서 대기하고 있다가 차를 타고 오는 후미 그룹과 합류하는 방법이 있기는 하다.

그걸 실행할 경우 일단 옥단카가 가는 것은 안 된다. 앞선 탈북자들은 옥단카를 모를 뿐더러 그들 중에 중국어를 하는 사람이 없다면 말까지 통하지 않을 것이다.

그것만이 아니라 정필과 김길우는 라오스 말을 할 줄 모르기 때문에 달려오는 트럭을 잡아도 벙어리가 될 수밖에 없는 처지다.

김길우를 보내는 것은 말도 안 되는 일이라서 결국 정필이 가기로 결정했다.

부르르…….

밤 12시 정각에 손목시계 알람이 진동을 하여 정필을 깨웠다. 그는 비비적거리지도 않고 단번에 눈을 떴다.

모닥불 둘레를 5명의 탈북녀에게 양보하고 정필과 김길우는 절벽 아래에서 얇은 모포를 덮고 잤다.

정필은 똑바로 누워 있는데 언제나 그랬던 것처럼 옥단카가 왼쪽 옆에 그를 향해 새우처럼 웅크린 채 누워서 작은 손을 그의 가슴에 얹고서 자고 있다.

정필은 옥단카가 깨지 않도록 그녀의 손을 가만히 잡고 옆으로 치웠다.

그런데 그녀가 눈을 뜨더니 고개를 들어 그를 말끄러미 바라보았다.

꺼져가는 흐릿한 모닥불 불빛에 반사되어 그녀의 눈이 별빛처럼 반짝거렸다.

정필이 부드럽게 머리를 쓰다듬자 옥단카는 배시시 순진한 미소를 지었다.

슥—

정필이 상체를 일으키자 옥단카도 따라 일어났다.

"아……."

그런데 옥단카가 갑자기 얼굴을 찌푸리면서 나직한 신음 소리를 냈다.

정필은 옥단카가 이러는 모습을 처음 보기에 가볍게 놀라서 두 손으로 그녀의 어깨를 잡고 똑바로 앉히며 나직한 목소리로 물었다.

"옥단카, 왜 그러느냐?"

"아아……."

그런데 그녀가 방금 전보다 더 얼굴을 찡그리면서 고통스러운 신음을 흘리는 게 아닌가.

정필은 자기가 손으로 그녀의 어깨를 잡았기 때문이라는 생각을 반사적으로 떠올리고 즉시 손을 놓았다.

그런데 오른손이 조금 축축한 것 같아서 얼른 들어보니까 흐릿한 모닥불 불빛에 불그스름한 피가 손에 묻어 있는 게 보였다.

"너 다쳤구나."

정필이 조그맣게 말하자 옥단카는 그의 말을 알아들었는

지 찡그린 얼굴로 배시시 미소를 지었다.

"어디 보자."

정필은 풀이 깔린 바닥에 옥단카를 조심스럽게 눕혔다. 그녀는 조금도 저항하지 않고 그가 하는 대로 몸을 맡겼다.

정필의 오른손에 피가 묻었으니까 옥단카의 왼쪽 어깨에 상처가 있다는 뜻이라서 자세히 살펴보았다.

정필이 중국 홍하현 백화점에서 사준 파카의 어깨 부위가 꽤 길게 찢어져 있었다.

지익—

정필이 파카의 지퍼를 내리니까 역시 정필이 사준, 속에 입고 있는 노란색의 두툼한 스웨터 왼쪽 어깨 부위가 찢어지고 피가 흠뻑 배어 있었다. 파카를 벗기니까 스웨터 왼쪽이 온통 피투성이다.

"이런… 너."

이런 상태인데도 어째서 가만히 있었느냐는 것처럼 정필이 꾸짖는 듯한 눈빛으로 쳐다보자 옥단카가 죄스러운 듯 찔끔하는 표정을 지었다.

이 정도로 많은 피를 흘렸다면 필경 상처가 매우 깊을 것이다. 정필의 짐작으로는 아마 아까 호랑이가 덮쳤을 때 발톱에 찔린 것 같았다.

그런데도 옥단카는 조금도 아픈 내색을 하지 않고 줄곧 참고 있었던 것이다.

호랑이 발톱은 칼보다 더 단단하고 날카로워서 찔리면 치명적이라고 알고 있다.

칼은 그냥 찌르거나 베는 것으로 끝나지만 호랑이 발톱은 깊이 파고들어서 긁어버리기 때문에 뼈가 끊어지거나 장기 혹은 내장까지 찢어져 버리는 것이다.

정필이 스웨터를 벗기려고 아래쪽을 들자 옥단카가 일어나 앉아서 아무렇지도 않게 홀렁 벗어버렸다.

"……."

정필은 옥단카가 스웨터 안에 아무것도 입지 않았다는 사실을 알고는 어이없는 표정을 지었다.

심지어 브래지어조차도 하지 않은 맨 알몸이어서 스웨터를 벗자 뽀얗고 가냘픈 상체가 고스란히 드러났다.

옥단카는 책상다리를 하고 허리를 꼿꼿하게 편 채 두 손을 앞에 모으고 말끄러미 정필을 바라보았다.

155㎝의 자그마한 키, 김길우가 물어본 그녀의 몸무게는 38㎏이라고 했었다.

그런 작고 가녀린 체구에 비해서는 제법 여문 유방이 탱탱하게 고개를 치켜들고 있었다.

그렇지만 정필의 시선은 옥단카의 탐스러운 유방보다는 그녀의 왼쪽 어깨의 상처에 꽂혔다.

"너는 정말⋯⋯."

정필의 입에서 또 한 번의 꾸짖음이 새어 나오려다가 그녀가 죄지은 사람처럼 고개를 푹 숙이고 있는 걸 보고는 그만두었다.

옥단카의 상처는 생각보다 심했다. 왼쪽 어깨 빗장뼈 바로 아래 부위에서 유두 바로 위까지 10㎝ 길이에 움푹 파인 상처에서 지금도 꾸물거리면서 피가 흘러나오고 있었다.

슥―

정필은 다짜고짜 손을 내밀었다. 옥단카가 정필을 치료할 때 뿌렸던 그 가루약을 달라는 것이다.

가루약이 무엇으로 만들었는지는 모르지만 아마도 약초를 말려서 가루로 만든 것인 듯하다.

그걸 정필의 상처에 발랐을 때, 바르자마자 통증이 씻은 듯이 사라졌으며, 이틀이 지나기도 전에 딱지가 앉을 정도로 효능이 탁월했었다.

옥단카는 호랑이 발톱에 찍힌 이후에 얼마나 바쁘게 움직였는지 제 상처에 가루약을 뿌릴 겨를조차도 없었던 것 같다.

"으⋯⋯."

정필이 가루약을 뿌리자 옥단카는 몸을 움찔 떨고는 유난히 길고도 짙은 눈썹을 잔뜩 찌푸리면서 인상을 쓰고 짧은 신음을 토했다.

하지만 그게 전부다. 정필의 경험으로는 상처에 가루약을 뿌리면 뼛속 깊숙이까지 찌르르하면서 지독한 통증이 엄습하는데도 그걸 견딘 옥단카의 인내심은 정말 대단했다.

정필은 구급상자를 꺼내 상처에 거즈를 대고 반창고를 붙이고는 붕대를 칭칭 감아주었다.

그렇지만 갈아입을 옷이 없기 때문에 치료가 끝난 후에 피 묻은 스웨터를 옥단카에게 그냥 입힐 수밖에 없었다.

정필이 손을 털면서 일어나니까 옥단카가 벗어놓은 파카를 들고 따라서 일어났다.

정필이 앞서간 사람들을 찾으러 떠나는 것을 바래다주려는 것이다.

정필이 옥단카의 손에서 파카를 받아 그녀에게 입혀주고 지퍼까지 채워주고는 커다란 두 손으로 달걀처럼 작은 얼굴을 감싸 쥐고 부드럽게 미소 지었다.

"옥단카, 너는 보물이다."

정필이 손을 떼니까 옥단카는 얼굴이 빨개져서 살포시 미소를 지으며 조그맣게 중얼거렸다.

"옥단카는 보물이다."

옥단카는 보물이 무슨 뜻인지 모른다.

바삭……

정필은 숲 속을 5시간째 쉬지 않고 전진하면서 수색하고 있는 중이다.

시간당 5㎞ 정도의 별로 빠르지 않은 속도다. 비포장도로 왼쪽의 울창한 숲 속을 길가에서 20m 안까지 수색하면서 전진하기 때문에 속도가 늦을 수밖에 없다.

그는 특전사 시절에 수색 정찰을 나가면 어느 누구도 따라오지 못하는 탁월한 능력을 발휘했었다.

그렇지만 지금처럼 캄캄한 밤중에는 낮하고는 달리 수색하는데 한계가 있다.

우선 캄캄해서 주위의 사물을 거의 볼 수 없기 때문에 추적하는 대상이 남긴 흔적을 찾아내는 것이 매우 어렵다.

그러므로 밤에는 소리나 냄새 같은 것에 의존할 수밖에 없는 상황이다.

그나마 지금처럼 플래시를 비출 수 있으면 조금쯤은 낫다고 할 수 있다.

하지만 시간이 지날수록 정필은 앞서간 실종자들을 찾을 수 없을지도 모른다는 불안감이 엄습했다.

현재 그가 진행하고 있는 방향으로 봤을 때 비포장도로의 왼쪽 숲을 수색하고 있다. 그 얘기는 길의 오른쪽 숲은 그냥 지나치고 있다는 뜻이다.

어두워서 제대로 수색하지 못하고 있는 상황에서, 더구나 오른쪽 숲을 살피지 못하니까 절반의 절반만 수색하고 있는 셈이다.

정필은 50㎞까지만 갔다가 반대편 숲 속을 수색하면서 김길우와 옥단카가 있는 곳으로 돌아갈 생각이다.

50㎞는 건강한 사람이 일반 도로를 평보(平步)로 쉬지 않고 걸으면 약 9~10시간쯤 소요되는 거리다.

그러나 이런 험한 고지대의 숲길을, 그것도 극도로 굶주린 상태인 57세의 현지명과 어린 손자, 여자들이라면 이틀 이상 걸릴 것이라는 게 정필의 생각이다.

현지명 일행이 이틀 전에 떠났으며 밤에는 휴식을 취할 것이라는 계산에 50㎞까지만 수색하겠다는 결론을 내렸다.

칵!

정필은 밖으로 돌출된 커다랗고 굵은 나무뿌리에 걸터앉아서 담뱃불을 붙였다.

"후우……."

아까 자기 전에 한 대 피우고 나서 9시간 만에 피우는 담배 맛이 꿀맛이다. 이런 상황에 담배마저도 없었더라면 기분이 더 형편없었을 것이다.

담배를 피우는 동안 정필은 문득 한 가지 방법을 생각해 냈다. 그냥 묵묵히 수색하면서 전진할 게 아니라 소리를 내보자는 것이다.

지도상에는 이 근처에 마을도 없는 것으로 나왔으니까 한 국말로 말하면 조용한 밤에는 몇 십 미터 밖에서도 말소리를 들을 수 있을 것이다.

그러니까 정필이 돌아다니면서 직접 찾는 것보다 어둠 속에 숨어 있는 사람들을 밖으로 끌어내는 것이 더 효율적일 것이라는 생각이다.

사박……

"베드로의 집 사람들 어디에 있습니까!"

정필은 빠른 걸음으로 전진하면서 숲 안쪽에 대고 제법 큰소리로 외쳤다.

"나는 최정필입니다!"

그는 담배를 피우고 나서 2시간째 이렇게 외치면서 숲 속을 걸어가고 있는 중이다.

그의 외침은 지금처럼 조용한 환경에서는 최소한 100m 이상 멀리 퍼져 나갈 것이다.

현지명 일행이 그의 외침을 듣는다면 틀림없이 반응을 할 것이다. '베드로의 집'이며 '최정필'이라고 외치는데 반응을 보이지 않을 이유가 없다.

"베드로의 집 사람들 나오세요! 나는 최정필입니다!"

그의 외침이 동이 트고 있는 숲 속을 잔잔히 흔들면서 멀리 퍼져 나갔다.

정필은 7시간 동안 거의 40㎞를 수색하고 있다. 이제 날이 완전히 밝으면 비록 가끔일지라도 도로에 사람들이 오가기 때문에 외치는 것을 그만둬야만 한다.

어쩌면 지금 이 순간에도 누군가 도로를 걷다가 그의 외침을 들었을 수도 있다.

그래서 정필은 앞으로 서너 번만 더 불러보고 나서 그만둬야겠다고 마음먹었다. 소리를 지르는 것마저도 할 수 없다면 막막해질 수밖에 없을 것이다.

"베드로의 집 사람들……."

"누굽니까……?"

"……."

정필은 뚝 걸음을 멈추고 숲 왼쪽을 쳐다보았다. 그는 방금 저만치 깊은 숲 속에서 흘러나오는 어떤 여자의 평양 사투리 목소리를 들었다.

그는 기쁨을 누르고 목소리가 들려온 숲 왼쪽으로 다가가면서 두리번거렸다.

"어딥니까?"

"누굽니까?"

숲 속에서 또다시 여자의 목소리가 들렸다. 정필은 이번에는 목소리가 들린 곳을 정확하게 파악했다. 하지만 여자는 경계하는 듯 누구냐고만 물었다.

"연길에서 온 최정필입니다."

"아……."

정필이 목소리가 들려온 곳을 향해 뛰어가는데 그곳에서 몇 사람의 울음이 왁자하게 터져 나왔다.

"어흐흑…! 검은 천사님임다…! 이자 우리 살았슴다…!"

"이야아… 미카엘 님이 여기까지 우리를 구하러 오시다이… 이기 참말 꿈임까, 생시임까……."

길에서 35m쯤 깊숙이 들어간 우거진 숲 속 작은 공터에 여자들이 힘없이 앉거나 누워 있다가 정필을 발견하고는 더욱 격렬하게 오열을 터뜨렸다.

"으흐흐흐흑……!"

정필을 발견하고는 아무 말도 하지 못하고 흐득흐득 흐느껴 울기만 하는 여자들을 보고 정필은 얼마나 그녀들의 고생이 막심했는지 짐작할 수 있었다.

정필은 재빨리 사람들을 한 명씩 둘러보면서 아프거나 다친 사람이 없는지 살펴보았다.

그렇지만 다들 기진맥진한 모습이라서 아픈 것인지 허기져서 그런 것인지 분간이 가지 않았다.

정필이 복판에 앉자 여자들이 엉금엉금 기어와서 그에게

안겨들었다.

"으흐흑… 미카엘 님……."

"으흐응……! 이 지옥보다 더 험한 곳에서 우리를 어찌 찾은 거임까?"

"오라바이… 흑흑… 오라바이……."

정필은 두 팔을 활짝 벌려 여자들을 한 아름 끌어안았고 안기지 못한 여자들은 좌우와 뒤에서 그의 몸을 부둥켜안고 흐느껴 울었다.

정필이 배낭을 열어 먹을 것을 주섬주섬 꺼내놓자 여자들의 눈이 빛났다.

간이 식품들이라서 먹기 어렵지만 여기서는 불을 피워 죽을 쑤는 것이 위험해서 그냥 먹도록 했다.

6일 동안 굶주렸던 여자와 현지명의 6살짜리 외손자 박성훈은 먹는 동안에도 기쁨의 눈물을 멈추지 않았고, 입에 무엇인가 집어넣고 씹는다는 것이 이렇게 행복한 줄 몰랐다고 입을 모았다.

정필은 평양과학기술대학 교수 현지명이 보이지 않아 행방을 물었더니, 그의 딸 현영지가 그는 먹을 것을 구하러 2시간 전에 깊은 숲으로 들어갔는데, 아직 돌아오지 않는다고 몹시 걱정하는 얼굴로 대답했다.

"현지명 씨 혼자 말입니까?"

정필은 옆에 앉은 남자아이 성훈에게 비스킷을 주면서 어이없는 표정으로 물었다.

"아버지는 책임감이 강해서 사람들을 위해서 뭐라도 먹을 거를 찾아보겠다고……."

부모 덕분에 평양에서 1%의 상류층 생활을 해온 현영지는 19살에 아버지의 제자이며 장래가 촉망되는 칠골 강씨(姜氏) 출신의 총참모부 소속 젊은 장교와 결혼을 하여 외아들 성훈을 낳았다.

칠골 강씨는 김일성의 모친 강반석의 가계(家系)이며 김정일의 외가로서 북한에서는 김일성의 만경대 김씨와 더불어 절대적인 권력의 양대 산맥을 이룬다.

우연찮은 일 때문에 한순간에 반동으로 몰린 현지명이 가족을 데리고 탈북을 계획할 때 영지는 남편에게 함께 탈북하자고 제의했다가 매몰차게 거절을 당했었다.

그래서 그녀는 남편이 출근한 사이에 아들 성훈을 데리고 탈북을 감행했던 것이다.

"어머니를 독사에 물려서 잃었는데 이제 아버지마저 잃으면 저는 살아가지 못할 것 같습니다."

뽀얀 얼굴에 사슴처럼 눈이 커다란 영지는 해쓱한 얼굴로 눈물을 뚝뚝 흘렸다.

"내가 찾아보겠습니다."

정필이 일어섰다.

그로부터 30분이 지난 후, 정필은 사람들이 있는 곳에서 숲 속 깊은 곳으로 300m쯤 떨어진 곳 가파른 비탈 아래에 쓰러져 있는 현지명을 발견했다.

정필이 살펴보니까 꼼짝도 하지 못한 채 엎드린 자세로 있는 현지명의 뒷머리에서 피가 흐르고 있는데 심한 부상인 것 같았다.

아마도 먹을 것을 찾아서 헤매다가 가파른 비탈에서 구르던 중에 뒷머리를 돌 같은 것에 부딪친 모양이다.

만약 정필이 오지 않았더라면 현지명은 여기에 쓰러진 상태로 고스란히 죽음을 맞이했을 것이다.

그리고 그를 기다리고 있는 아이와 여자들 8명 역시 더 이상 움직일 힘이 없어서 굶어죽고 말았을 터이다.

"현지명 씨."

정필이 현지명을 똑바로 눕히고 이름을 부르자 그가 천천히 눈을 뜨고 가만히 정필을 응시했다.

"저 최정필입니다."

현지명의 눈이 커지더니 입술을 달싹거렸다.

"정말 연길의 최정필 씨요……?"

"그렇습니다."

"정필 씨가 예까지 우릴 찾으러 온 게요……?"

"그렇습니다."

"나는 정필 씨가 보이지 않소. 그렇지만 목소리를 들으니까 정필 씨가 맞는 것 같군요."

정필은 근처에서 한쪽 알이 깨진 안경을 찾아내서 현지명에게 씌워주었다.

현지명은 하나뿐인 안경알로 초점을 맞추려고 눈을 껌뻑거리더니 비로소 정필을 알아보고는 두 눈에 눈물이 가득 차올랐다.

"내래 조금 전까지 꿈을 꾸었댔소. 내 생각에는 말이오. 내가 갔던 곳이 하나님이 계신 성전(聖殿)인가 아니면 천국인 것 같았는데… 온통 빛이 만발해서 아무것도 보이지 않는 게요."

그는 정필을 보며 이상한 얘기를 계속했다.

"그런데 눈부신 빛 속에서 어떤 목소리가 들리는 거이 아니겠소?"

"뭐라고 말입니까?"

"그 목소리가 말이오. 지명아, 너는 아직 여기 올 때가 아니니까 다시 돌아가라. 미카엘이 너를 데리러 올 것이다. 그러는 거였소. 그러고는 바로 최정필 씨가 나를 불렀소. 현지명 씨, 하고 말이오."

"그랬군요."

"나는 그 목소리가 주님, 하나님이라고 생각하오."

현지명은 베드로의 집에서 머문 한 달 반 동안 장중환 목사에 의해서 기독교에 깊이 심취하게 됐다.

정필은 빙그레 미소 지었다.

"그냥 꿈입니다."

현지명의 뺨으로 굵은 눈물이 주르르 흘러내렸다.

"꿈이 아니라 계시였소, 하나님의……."

정필은 현지명을 안고 사람들이 기다리는 곳으로 돌아갔다.

"아버지!"

영지가 정필에게 안겨 있는 현지명을 발견하고 자지러질 듯이 부르짖었다.

정필은 현지명을 바닥에 옆으로 눕힌 후에 배낭에서 구급함을 꺼내 치료를 했다.

피를 닦아내고 연고를 바르고 거즈와 반창고를 붙이는 정도로 응급처치를 끝냈다.

영지는 정필 옆에 앉아서 하염없이 눈물을 흘리면서 그를 도우며 끝없이 고마워했다.

"고맙습니다, 정필 동지. 정말 고맙습니다."

정필은 구급함을 정리하고 나서 허리를 펴며 미소 지었다.

"대충 치료했지만 교수님의 상처는 태국에 입국해서 제대로 치료하도록 합시다."

"아버지는 이제 저에게 한 분뿐인 혈육이신데 정필 동지 덕분에 살았습니다. 고맙습니다."

정필은 영지의 어깨를 두드렸다.

"교수님께서 뭘 좀 드시도록 하십시오."

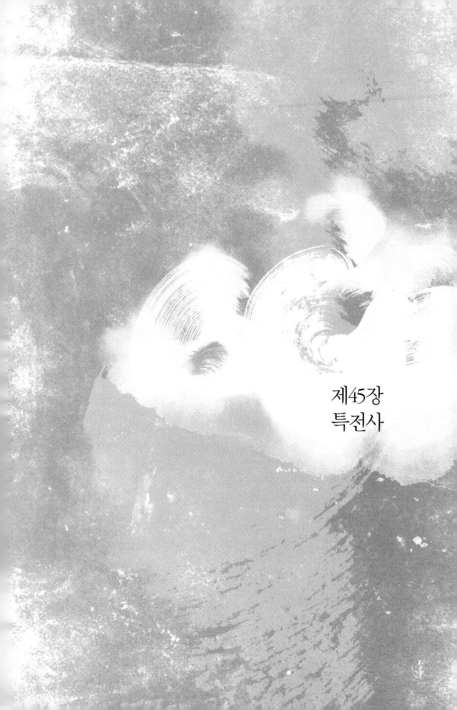

제45장
특전사

아침 10시.

정필은 현지명을 비롯한 9명을 비포장도로와 가까운 곳으로 부축을 하거나 안아서 모두 이동시키고 김길우와 옥단카가 몰고 올 차를 기다렸다.

그런데 작은 소동이 벌어졌다.

오래 굶주렸던 사람들이 친숙하지 않는데다 소화하기 어려운 인스턴트식품을 먹고 나서는 서너 시간이 지나자 배탈이 난 것이다. 다들 대변을 보려고 줄지어서 풀숲으로 들락거리느라 분주했다.

뒷머리를 다친 탓에 아무것도 먹지 못한 현지명을 제외한 8명은 평균 한 사람당 세 번 이상 대변, 즉 설사를 하러 은밀한 풀숲으로 오락가락해야만 했다.

더구나 제대로 걷지도 못하는 사람이 대부분이기 때문에 급할 때마다 정필이 여자들을 일일이 부축하거나 안아서 으슥한 곳에 내려주어 볼일을 보게 하고 끝나면 다시 데려오기를 반복했다.

"내래 염치가 없습니다, 정필 동지."

참다 참다가 두 번째로 볼일을 보고는 정필에게 업혀서 돌아오는 길에 영지가 그의 등에 뺨을 묻고 수줍은 듯이 소곤거렸다.

"괜찮습니다."

"정필 동지는 보지 않았지요?"

"뭘 말입니까?"

"저 볼일 보는 거 말입니다."

"여자 볼일 보는 거 훔쳐보는 취미는 없습니다."

"다행입니다."

영지는 안도의 한숨을 내쉬었다.

"그런데 말입니다. 우리 중에서 낙오된 사람이 어머니 말고 한 사람 더 있었습니다."

영지가 생각난 듯이 쓸쓸한 목소리로 말했다.

"누굽니까?"

"평양 금성고등중학교 제 후배인데, 한서희라고… 오다가 낭떠러지에서 발을 헛디뎌서 아래로 떨어졌더랬습니다."

그녀는 두 팔로 정필의 너른 가슴을 안고 뺨을 등에 묻고는 눈물을 흘렸다.

"낭떠러지가 너무 깊어서 우리는 서희를 구할 엄두를 내지 못하고 그냥 가야만 했는데… 아마 그 아이는 지금쯤 죽었을 겁니다."

"서희, 내가 구했습니다."

"……."

정필은 영지의 몸이 움찔 굳는 것을 느꼈다.

"서희는 지금 안전한 곳에서 편안하게 잘 있으니까 걱정하지 말아요."

"그기 정말입니까?"

"정말입니다. 다리하고 갈비뼈가 부러지긴 했지만 좋아질 겁니다."

"아아… 서희를 어케 구했습니까?"

"내가 직접 절벽 아래로 내려갔다가 업고 올라왔습니다."

"어떻게 그럴 수가……."

영지는 정필의 능력이 한없이 놀랍기만 했다.

"내가 여러분들을 태국까지 데려다주고 나서 돌아가 서희와 다른 탈북자들을 데리고 다시 태국으로 갈 겁니다. 그럼 며칠 후에 만날 수 있을 겁니다."

영지는 너무 기쁘고 감격해서 아무 말도 하지 못하고 몸만 바르르 떠는 게 정필에게 전해졌다.

"서희는 제 친동생 같은 아이입니다. 벼랑에서 떨어진 서희를 두고 떠날 때 얼마나 마음이 아팠는지 내래 죽을 것만 같았습니다……."

서희를 구하겠다면서 울부짖으며 절벽을 내려가려고 하는 영지를 말리느라 아버지 현지명과 다른 탈북녀들은 한동안 진땀을 뺐었다.

"정필 동지가 서희를 구하다니… 세상에 정필 동지처럼 훌륭한 분은 다시는 없을 겁니다."

정필은 영지가 너무 격렬하게 우는 바람에 잠시 걸음을 멈추었다.

"그만 우십시오."

"으흑흑… 서희를 생각하면은… 흐윽……!"

서희 때문만은 아닐 것이다. 북한을 탈출한 이후 이제껏 쌓였던 설움과 불안 같은 것들이 지금 한꺼번에 터져 버린 것 같았다.

정필은 영지의 울음이 좀처럼 그치지 않을 것 같아서 다른 방법을 쓰기로 했다.

"사실 봤습니다."

영지는 흐느끼면서 물었다.

"으흑흑……! 무얼… 말입니까?"

"영지 씨 볼일 보는 거 말입니다."

"……."

영지의 울음이 뚝 그쳤다.

정필은 다시 걷기 시작하면서 손으로 영지의 엉덩이를 다정하게 툭툭 쳤다.

"엉덩이가 아주 예쁘더군요."

순간 영지는 몸을 마구 도리질하며 앙탈을 부렸다.

"아유우… 이를 어쩝니까… 남의 엉덩이를 보다니… 정필 동지 너무합니다… 아유……."

그렇지만 정필은 영지의 엉덩이를 보지 않았다.

정필은 비포장도로 가장자리에 나가서 차를 기다렸다.

김길우와 옥단카가 제대로 차를 섭외했는지, 섭외했다면 벌써 지나친 것은 아닌지 염려가 됐다.

하지만 정필로서는 기다리는 것 말고는 별달리 방법이 없어서 길가 풀밭에 앉아서 담배를 피워 물고 차가 올 방향을 물끄러미 쳐다보았다.

사박…….

뒤에서 발소리가 나서 돌아보니까 영지가 비틀거리면서 손으로 나무를 잡고 다가오는 모습이 보였다.

"정필 동지 심심할까 봐…….."

정필은 영지가 옆에 앉는 것을 도와주었다.

"그런데 차를 타면 말입니다. 태국까지 단번에 곧장 가는 겁니까?"

"국경 근처에 내려서 메콩강으로 접근했다가 배를 빌려서 건너야 합니다."

영지는 무릎을 모아 세워 두 팔로 무릎을 안은 자세로 앉아서 말끄러미 정필을 바라보았다.

"정필 동지는 정말 대단합니다."

해가 떠서 정오가 가까워지자 날이 매우 더워져서 정필도 영지도 파카를 벗고 티셔츠만 입은 모습이다.

"영지 씨."

"네, 정필 동지."

"동지라는 호칭 불편합니다."

"아…….."

영지는 깜짝 놀랐다가 얼굴을 붉혔다.

"그럼 미카엘 님이라고…….."

"영지 씨, 26살이죠?"

"네."

"나도 26살이니까 친구처럼 대해도 됩니다."

영지는 깜짝 놀랐다.

"정말 26살입니까?"

정필은 영지를 똑바로 쳐다보았다.

"그렇게 안 보입니까?"

"아닙니다. 저는 서른 살은 넘었다고……."

영지는 정필의 얼굴을 말끄러미 응시하더니 깜짝 놀라는 표정을 지었다.

"아… 가까이에서 보니까니 그다지 나이가 많이 들어 보이지 않는군요?"

슥—

영지는 정필의 덥수룩한 수염을 손으로 덮듯이 가렸다.

"수염이 없다고 생각하면 저하고 동갑으로 보입니다."

정필은 빙그레 미소 지었다.

"그럼 이제부터 정필아, 하고 부르십시오. 그럼 나도 영지야, 라고 부르겠습니다."

"어떻게……."

"영지야."

"……."

정필이 다짜고짜 이름을 부르자 영지는 깜짝 놀라서 눈을 동그랗게 뜨고 그를 바라보았다.

정필이 먼저 영지의 이름을 불러서 자기 이름을 쉽게 부르게 하려고 유도한다는 걸 알면서도 그녀는 쉽사리 입이 떨어지지 않았다.

정필이 싱긋 미소 지었다.

"영지 너, 엉덩이 예쁘더라."

"옴마야……! 정필이, 너 또……."

순간 화들짝 놀란 영지 입에서 정필이라는 말이 총알처럼 튀어나왔다.

그런데 영지가 갑자기 정필의 몸 뒤로 숨었다.

"저기 차가 옵니다."

정필이 고개를 돌리니 그가 보고 있던 반대 방향에서 트럭한 대가 달려오고 있는 게 보였다.

정필은 숨지 않고 그 자리에 앉아서 달려오는 차를 물끄러미 바라보았고 영지는 두려운 표정으로 그의 뒤에 숨었다.

차는 이름도 모르는 매우 낡은 트럭인데 군용 트럭이 아니기 때문에 정필이 숨지 않은 것이다.

끼이익―

그런데 지나갈 줄 알았던 트럭이 정필이 있는 곳에서 조금못 미친 곳에서 브레이크를 밟았다. 트럭은 귀를 뜯어내고 싶을 듯한 듣기 싫은 소리를 내면서 죽 밀리더니 정필 앞에 뚝 멈추었다.

정필과 영지는 긴장하여 엉거주춤한 자세로 트럭에서 시선을 떼지 않았다.

"준상!"

그런데 조수석 쪽 차 문이 발칵 열리더니 옥단카가 반갑게 외치면서 땅으로 깡충 뛰어내렸다.

"옥단카!"

정필은 놀라서 벌떡 일어나 옥단카의 머리를 쓰다듬으며 눈으로 김길우를 찾았다.

트럭 뒤쪽 짐칸에 서 있는 김길우가 반가운 얼굴로 손을 흔들며 말했다.

"터터우! 70㎞까지 갔다가 터터우를 찾지 못해서리 되돌아오는 길임다!"

"트럭 길가로 바짝 붙여요!"

정필은 외치면서 벌써 숲 속으로 뛰어 들어가고 있다.

트럭에는 쌀자루가 절반쯤 실려 있었다. 정필과 김길우, 그리고 라오스인 트럭 운전수는 짐칸의 쌀자루들을 이리저리 옮겨서 가운데를 움푹하게 분지처럼 만들고 바닥에 쌀자루를 깔아서 쿠션으로 삼아 그곳에 탈북자들이 편안하게 앉거나 눕도록 했다.

트럭은 정필과 탈북자 14명을 짐칸에, 김길우와 옥단카를 조수석에 태우고는 왔던 방향으로 유턴하여 거친 엔진 소리를 내며 출발했다.

우웅웅…….

아까 김길우 말로는 트럭 운전수에게 100달러를 주기로 하고 자정까지 트럭을 빌렸다고 했다.

어제 트럭을 빌렸을 때도 100달러였는데, 두 번째 트럭도 100달러다. 여긴 100달러면 만사 오케이다.

나중에 알게 된 사실이지만, 라오스에서 100달러면 1년 연봉에 해당한다고 했다.

굶주림과 피로에 지친 탈북자들은 쌀자루 사이에 기대어 깊은 잠에 빠졌다.

현지명은 평평하게 고른 쌀자루에 누워서 잠이 들었으며 그 옆에 앉은 정필이 혹시 그가 잘못되지나 않을까 지켜보고 있다.

그리고 정필은 품에 어린 성훈을 안고 있으며 그 옆에는 영지가 그의 어깨에 고개를 기대고 잠이 들었다.

정필 한 사람만 빼고 모두 곤한 잠에 빠졌다. 아니, 어쩌면 모두들 굶주림과 심신의 피로가 겹쳐서 비몽사몽인 걸지도 모른다.

정필이 잠들지 않은 이유는 메콩강 골든트라이앵글 라오스 국경에 도착하고 나서 어떻게 할 것인지에 대해서 고민하고 있기 때문이다.

우선 배를 빌려야 한다. 김길우와 옥단카는 라오스에서 기다린다고 해도 정필은 배를 타고 메콩강을 건너 태국으로 갈 생각이다.

원래 탈북자들은 태국에 불법 입국하면 무조건 경찰서로 찾아가게 되어 있다.

그래서 자신들이 북한에서 왔다는 사실을 밝히면 난민으로 인정되어 태국의 보호시설에 일정 기간 동안 머물다가 태국 주재 한국 대사관의 도움으로 대한민국행 비행기를 타게 되는 것이다.

그런데 지금 정필이 이끌고 있는 탈북자들은 많이 다친 현지명 씨도 그렇지만 12명의 여자와 한 명의 어린아이까지 오랜 굶주림과 강행군으로 파김치가 된 상태라서 그들만 메콩강을 건너 태국 강변에 덜렁 내려놔 준다면 자기들끼리는 경찰서에 제대로 찾아가지 못할 형편이다.

그래서 정필이 태국까지 같이 넘어갔다가 이들을 무사히 경찰서 앞까지 인도한 후에 다시 메콩강을 건너 라오스로 넘어올 생각이다.

무슨 말소리에 정필은 얼핏 잠이 깼다. 이런저런 생각을 하다가 깜빡 잠이 들었던 모양이다.

눈을 뜨면서 그는 트럭이 움직이지 않는다는 것, 즉, 멈췄다는 사실을 깨달았다.

벌써 도착했나 싶어서 일어나려는데 밖에서 어수선한 라오어가 들렸다.

정필은 반사적으로 트럭이 검문소를 지나다가 검문을 당하고 있을지도 모른다는 생각이 들었다.

영지와 몇 사람이 잠에서 부스스 깨어나는 걸 보고 정필은 급히 조용하라는 손짓을 해보이자 깨어난 사람들 얼굴이 긴장으로 물들었다.

지금 정필이 할 수 있는 일은 그저 기다리면서 사태의 추이를 지켜보는 것뿐이다.

만약 라오스 검문소의 병사가 트럭 짐칸에 올라오기만 하면 그걸로 얘기는 끝나고 만다.

정필은 이번에 탈북자들을 구하기 위해서 남쪽으로 내려오기 전에 부랴부랴 베트남과 라오스, 캄보디아, 태국, 미얀마에 대해서 벼락치기 공부를 했었다.

대한민국은 1974년 라오스와 수교를 했으나 1975년 라오스에 공산 정권이 들어서면서 단교했다.

그러다가 20년이 지난 재작년 10월 25일에 다시 재수교했다. 라오스 수도 비엔티엔에는 대한민국 대사관이 개설되어 업무를 보고 있다.

그렇다고 해도 라오스는 엄연한 공산국가이고 같은 공산국가인 북한과 친교를 맺고 있기 때문에 발각되면 탈북자들은 전원 북송되고 말 것이다.

그런데 라오어로 말하는 남자들의 목소리가 트럭 뒤쪽 짐칸으로 이동하고 있다.

덜컥!

잠시 후 트럭 짐칸의 칸막이를 여는 소리가 들리자 정필과 탈북자들은 숨을 멈추고 극도로 긴장했다.

트럭 짐칸 쪽에서 최소한 3명의 사내 목소리가 시끄럽게 웅성거리고 있다.

정필 짐작으로는 검문을 하는 라오스 병사들과 트럭 운전수의 대화 같았다.

지금 이 상황에서 일어날 수 있는 모든 일이 정필의 뇌리에서 빠르게 명멸했다.

슥—

그가 품속에서 cz—75를 꺼내는 것을 보고 여자들이 크게 놀라고 더러는 손으로 입을 가렸다.

정필은 천천히 몸을 일으켜서 트럭의 옆쪽으로 이동했다.

발각될 것 같다는 판단이 서면 즉시 트럭 옆면을 뛰어넘었다가 라오스 병사들을 쏴죽이거나 제압할 생각이다.

그리 되면 엄청난 일이 벌어지겠지만 그렇다고 해서 14명의 탈북자가 이대로 고스란히 붙잡히는 걸 보고만 있을 수는 없는 일이다.

영지는 아들 성훈을 꼭 끌어안은 채 입을 막고 있으며, 다들 바들바들 떨면서 숨을 죽였다.

"싸바이디(안녕하세요)!"

바로 그때 정필의 귀에 익은 여자의 목소리가 라오어로 말하는 게 들렸다. 옥단카다.

그녀는 능숙한 라오어로 라오스 병사들과 몇 마디 대화를 나누는가 싶더니 잠시 후 덜커덕! 하고 뒤쪽 칸막이 닫는 소리가 났다.

정필은 일어서려다가 만 자세로 옆쪽의 쌀자루에 왼손을 대고 가만히 서 있었다.

그때 정필이 서 있는 쪽 트럭 옆면을 누군가 탕탕! 두드리면서 나직하게 한국말을 했다.

"괜찮다."

옥단카다. 그녀는 정필과 김길우에게 틈틈이 배운 한국말로 정필을 안심시키고 트럭 조수석에 올랐다. 그러고 나서 트럭은 곧 출발했다.

정필 일행이 탄 트러이 태국과 국경을 접하고 있는 마을 보케오에 도착한 시간은 이미 해가 진 밤 8시 무렵이다.

보케오 마을 남쪽 외곽 은밀한 곳에 트럭을 세우고 사람들을 다 내리게 한 다음에 정필은 김길우, 옥단카, 트럭 운전수와 대화를 나누었다.

"배가 필요하다."

자기 이름이 캄분이라고 소개한 트럭 운전수는 정필의 말을 통역한 옥단카의 말에 걱정 없다는 듯 손을 저었다.

"배는 많담다."

캄분의 말을 옥단카가 중국어로 통역하고 그것을 김길우가 한국말로 통역했다.

"14명이 한꺼번에 탈 수 있는 배, 그것도 동력선이 필요하다고 하세요."

트럭으로 여기까지 온 것도 중요하지만 배를 구하는 것이 더 중요하다. 메콩강을 건너지 못하면 여기까지 힘들어서 온 보람이 없다.

말하자면 화룡점정(畵龍點睛)이다. 근사하게 용(龍)을 그렸는데 마지막에 눈동자를 그리지 않으면 아무 소용이 없다는 것이다.

그래서 정필은 얼마를 주더라도 반드시 14명을 한꺼번에 태울 수 있는 배를 원했다.

그는 혹시 쓸 일이 있을지 몰라서 연길을 떠날 때 10만 달러를 비닐에 넣어서 전대(纏帶 : 돈주머니)에 담아 허리에 두르고 왔다.

그리고 중국 돈 만 위안은 지갑에 넣어왔기 때문에 돈이라면 거액이 아닌 한 구애를 받지 않는다.

트럭 운전수 캄분이 손가락 두 개를 승리의 V자처럼 펼쳐 보이며 뭐라고 했다.

그가 워낙 비장한 표정을 짓고 있어서 정필은 2천 달러 정도 요구하는 것일지도 모른다는 생각을 하고 있는데 김길우가 대수롭지 않은 얼굴로 말했다.

"그 정도 배를 구하려면 20달러는 줘야 한담다."

"20달러라고요?"

2천 달러가 아니라 20달러라고 한다.

"좀 깎을까요?"

그러면서 김길우가 옥단카에게 뭐라고 말하려는 것을 정필이 만류했다.

"됐습니다."

캄분이 일어서더니 따라오라는 손짓을 하면서 어디론가 걸어갔다.

30m쯤 걸어간 캄분이 걸음을 멈추고 한쪽 팔을 펼치며 보

라는 제스처를 해보였다.

"아……."

김길우의 입에서 나직한 탄성이 흘러나왔다.

정필 등의 앞에는 아무것도 가리는 것이 없는 야트막하고 드넓은 내리막이 길게 펼쳐져 있었다.

그리고 내리막이 끝나는 저 아래에 시커먼 강물이 굽이쳐 흐르고 있는데 그게 메콩강이다.

메콩강 너머에는 불빛들이 반짝이는 시가지가 손에 잡힐 듯이 아스라이 보였다.

그런데 이쪽 라오스의 상류 쪽 마을이 깊은 어둠에 잠겨 있는 것과는 사뭇 대조적인 광경이었다. 그것은 태국과 라오스 양국이 얼마나 발전했는지를 단적으로 비교하는 증거라고 할 수 있다.

태국 시가지를 바라보는 정필의 가슴이 뛰었다. 저기 컴컴하게 흐르는 강 건너가 바로 자유의 땅이다.

14명의 탈북자를 저기에 데려다주기만 하면 머잖아서 대한민국에 가게 될 것이다.

"미스터 캄분."

"예스."

정필이 혹시나 하는 생각에 영어로 말했더니 뜻밖에도 캄분이 고개를 끄떡였다.

라오스는 오랫동안 프랑스의 통치를 받았기 때문에 프랑스어가 반통용어로 사용되고 있다.

그래서 웬만한 사람들은 프랑스어를, 그리고 운전을 하는 사람들은 절반 이상이 의사소통을 할 정도의 영어를 할 수 있다고 한다.

"우리에게 한 끼 먹을 것과 배를 빌려주는데 200달러를 내겠습니다."

"오우……."

깡마르고 얼굴이 새카맣지만 미소가 믿음직스러운 캄분은 어깨를 으쓱하면서 서구식 제스처를 해보이며 자신의 귀를 의심하는 듯한 표정을 지었다.

캄분이 많이 흥분한 표정을 지으며 딱딱 끊어지는 동남아시아식 영어로 말했다.

"더 요구할 것은 없습니까?"

"태국에 내려주고 나서 날 기다리든가 다시 데리러 와야 합니다."

"당신은 다시 라오스로 올 겁니까?"

"그렇습니다."

캄분이 싱그럽게 미소 지으며 손을 내밀었다.

"Good deal."

정필은 캄분의 손을 잡았다.

라오스에는 아직 북한의 악마 같은 손길이 뻗치지 않았다. 탈북자를 한 사람 잡으면 얼마를 주겠다는 식의 거래가 없다는 뜻이다.

캄분이 쌀자루를 내리고 오겠다면서 트럭을 몰고 갔다. 김 길우와 옥단카는 캄분의 트럭을 오늘 자정까지 사용하기로 하고 100달러 준다고 했었다.

아직 자정이 지나지 않았기 때문에 김길우는 캄분에게 50달 러만 주었다.

캄분이 나머지 50달러를 받고 또 새로운 일거리에 대한 보 수 200달러를 챙기려면 여기에 돌아와야만 할 것이다. 모르긴 해도 캄분이 오늘 300달러를 벌면 그가 사는 곳에서는 재벌 소리를 듣게 될지도 모른다.

정필은 혹시 몰라서 탈북자들을 원래 있던 장소에서 100m쯤 떨어진 다른 장소로 은신시켰다.

설마 캄분이 배신하여 라오스 병사를 데리고 오는 일은 없 을 것이다.

그래도 사람의 일이란 언제 무슨 일이 생길지 장담할 수 없 는 것이니까 미리 예방을 해서 나쁠 게 없다.

정필이 옥단카에게 물었다.

"아까 검문소에서 어떻게 한 거니?"

"야아… 그때는 참말이지 발각되는 줄 알고서리 간이 콩알만해졌슴다. 저는 조수석에 납작하게 엎드려서 꼼짝도 앙이 했슴다."

김길우가 옥단카의 말을 통역하기도 전에 그 당시 자신의 상황에 대해서 너스레를 떨었다.

"옥단카가 병사 3명에게 아무 말도 하지 않고 그냥 10달러씩 줬더니 그냥 물러나더랍다."

김길우도 비상금으로 500달러쯤 갖고 왔는데 잔돈이 많았다고 했다.

옥단카는 정필을 바라보면서 그가 할 말을 대신했다.

"옥단카, 잘했다."

자화자찬이다.

정필은 옥단카의 머리를 쓰다듬었다.

"그래, 잘했다."

밤이 됐다.

정필 등은 숲 속의 은밀한 장소에 모여 캄분이 오기를 기다리고 있다.

정필은 배낭에 남아 있는 먹을 것들을 모두 꺼내 가운데 모아놓았다.

식량을 충분히 가져온다고 했지만 워낙 대식구이다 보니까 먹을 것이 얼마 남지 않았다.

탈북자들은 비스킷이나 햄 쪼가리 따위를 집어먹으면서 정필의 얘기에 귀를 기울였다.

"여러분은 메콩강을 건너서 태국에 들어가면 얼마 후에 태국의 수도인 방콕으로 가게 될 겁니다. 내가 대사관에 전화를 해둘 테니까 아무 염려 마세요."

"미카엘 님은 우리하고 같이 가면 앙이 됨까?"

20대 중반의 탈북녀가 초조한 얼굴로 묻자 정필은 빙그레 미소를 지었다.

"여러분은 태국에 가면 난민이 되지만 나는 밀입국자로 체포될 겁니다."

정필의 치료 덕분에 많이 나아진 현지명이 나무에 기대앉아서 사람들을 둘러보았다.

"생각해 보면 정필 씨가 우릴 구한 것은 기적이오."

이제 누워 있는 사람은 없다. 설사를 했든, 어쨌든 먹을 거라도 입에 넣고 수시로 물을 충분히 마셨으며 잠까지 푹 잤기 때문에 다들 조금쯤은 기운이 났다.

그렇지만 뭐니 뭐니 해도 이제 몇 시간만 지나면 자유의 땅 태국에 도착할 거라는 사실이 이들에게 가장 큰 힘을 주고 있을 것이다.

현지명이 씁쓸한 얼굴로 말을 이었다.

"브로커가 우릴 밀림 한가운데 버리고 도망쳤을 때에는 하늘이 무너지는 줄 알았소. 우리 모두 그걸로 죽는 거라고 생각하지 않았소?"

모두들 고개를 끄떡이면서 눈물을 흘렸다.

"내가 지도를 보고 서쪽으로 이끈다고는 했지만 사실 자신이 있어서 그런 게 아니오. 그저 어디라도 가야겠기에 무작정 갔던 것이오."

현지명은 마음속에 품고 있던 말을 이제야 꺼냈다.

"누구에게도 얘기를 않이 했지만 성공할 가능성은 처음부터 아예 없었소. 처음 우리가 버려진 곳에서 지도상으로도 가야 할 길은 700㎞가 넘는데 우리는 식량도 남아 있지 않았단 말이오. 그러니 길을 가다가 영락없이 죽을 수밖에는 방법이 없었소."

현지명은 손을 뻗어 옆에 앉은 정필의 손을 잡았다.

"세상천지에 어느 누가 우릴 구하려고 연길에서 라오스 밀림까지 달려 와준다는 말이오. 지옥에 떨어져 있는 우리를 정필 씨가 구했다는 말이오."

현지명은 정필을 보면서 굵은 눈물을 뚝뚝 흘렸다.

"정필 씨는 사람이 아니오. 하나님이 보내주신 미카엘 대천사가 분명하오. 그렇지 않으면 우리에게 일어난 이 일을 설명할 방법이 당최 없는 것이오."

탈북녀들이 눈물을 흘리면서 고개를 크게 끄떡이며 현지명
의 말이 맞다고 동조했다.

정필은 현지명의 말을 반박하고 싶지만 지금은 그냥 가만
히 있기로 했다.

"정필 씨가 새로 준 목숨이니까 이제부터는 정필 씨가 하라
는 대로 살겠소."

현지명은 정필을 바라보았다.

"정필 씨는 내가 대한민국에 가서 어떻게 살기를 바라오?"

정필은 현지명의 손을 잡고 다른 손으로 그의 손등을 가볍
게 두드렸다.

"행복하게 사십시오. 그게 제 소원입니다."

"야아… 정필 씨는 끝까지……."

현지명은 목이 메는지 말을 잇지 못했다.

정필은 모두를 둘러보며 온화하게 말했다.

"다들 대한민국에서 열심히 일하시고 그리고 행복하게 사
십시오. 그러면 저는 고생한 보람을 느낄 겁니다."

모두들 소리 죽여 흐느끼면서 그러겠다고 입을 모았다.

캄분은 약속을 지켰다. 그는 떠난 지 1시간 20분 만에 헤어
졌던 장소로 돌아왔다.

캄분은 커다란 냄비를 몇 개 가지고 왔는데, 거기에는 따뜻한 고깃국과 쌀죽, 이름 모를 그러나 향기 좋은 라오스 요리가 가득 담겨 있었다.

정필 등은 모두 허기가 심했던 터라서 너 나 할 것 없이 냄비에 달려들어 한동안 정신없이 퍼먹었다.

한 가지 놀라운 일은 캄분이 이번에 돌아올 때는 소형 버스를 몰고 왔다는 사실이다.

그는 미화 5달러를 주고 소형 버스를 하루 동안 빌렸다고 수줍은 표정으로 말했다.

30년은 더 됐을 것 같은 벤츠 소형 버스지만 정비를 잘 했는지 비포장도로를 쌩쌩 잘 달렸다.

메콩강 라오스 쪽 강변까지 비포장도로가 이어져 있어서 정필 일행은 출발한 지 10분 만에 강변에 도착했다.

캄캄한 어둠 속에서 정필 일행이 소형 버스에서 내리자 바로 앞 강변에 길쭉한 배 한 척이 대기하고 있다.

나중에 알게 되었지만 롱테일보트라는 이름의 라오스 전통 배라고 한다.

그런데 배가 길기는 하지만 폭이 겨우 1.5m 밖에 안 돼서 정필과 배를 모는 라오스인까지 16명이 탈 수 있을지 적잖이 의심이 들었다.

그런데 옥단카의 말로는 동남아시아에서는 이 정도 크기의 배에 30명도 너끈히 태우니까 아무런 염려할 게 없다는 것이다.

정필은 탈북자들을 배에 차례차례 태우고 자신은 맨 뒤쪽 배를 모는 사람 바로 앞에 앉았다.

모두 탔다고 생각했는데 캄분이 냉큼 배에 올라타더니 정필 옆에 찰싹 붙어서 앉았다.

"같이 갔다가 까삐딴(캡틴)을 돕겠습니다."

정필은 캄분이 같이 간다고 할 줄은 몰랐다. 그가 메콩강을 같이 건너가 준다면 그야말로 땡큐다.

강 건너 태국 치앙라이에 대해서 아무것도 모르는 정필에게 도움이 될 것이다.

*　　　　*　　　　*

골든트라이앵글은 세계에서 12번째로 긴 4,180km 길이의 메콩강 중류에 해당되며, 이곳의 강폭은 무려 300여 m에 달할 정도로 거대했다.

탁…….

그렇지만 정필 일행을 태운 롱테일보트는 도강하는 데 3분도 걸리지 않아 치앙라이 시내 남쪽 마지막 집에서 하류 200m쯤 떨어진 강가에 도착했다.

도강하는 동안 캄분의 말에 의하면, 치앙라이는 약 1,000여 호의 집이 있는 소도시이며 재작년 1995년에 마약왕 쿤사가 은퇴를 선언한 이후부터 급속도로 마약의 도시라는 오명이 퇴색하고 있는 중이라고 한다.

캄분은 치앙라이에 자주 와봐서 지리가 훤했다. 물론 정식 입국 절차를 밟은 것이 아니라 개인적인 볼일 때문에 도강을 하여 불법 입국한 것인데, 이 지역 사람들에겐 자주 있는 일이라는 것이다.

캄분이 배를 치앙라이 시내에서 뚝 떨어진 곳에 댄 이유는 시내 쪽은 메콩강 강가에서 강변도로 하나를 두고 바로 시내와 인접해 있기 때문에 오가는 현지인들에게 발각될 위험이 있다는 것이다.

캄분이 아는 바로는 이곳으로 탈북자들이 입국한 전례가 한 번도 없다고 한다. 그래서 치앙라이 사람들이 탈북자들을 보면 어떤 반응을 보일지 모르기 때문에 조심을 기하는 것이라고 한다.

캄분은 배를 모는 남자에게 라오어로 뭐라고 말하고는 배에서 내리더니 정필에게 내리라고 말했다.

정필이 현지명을 부축하고 탈북녀들이 어둠 속에서 꿈틀거리며 배에서 내렸다.

"이쪽으로."

캄분이 앞장서서 도로로 향했다.

배에서 내려 정필이 현지명을 업고 평평하고 야트막한 백사장을 30m쯤 가니까 곧바로 도로가 나타났다.

"관광객처럼 행동하면 됩니다."

캄분과 현지명을 업은 정필이 도로를 따라 선두에서 걸어가고 그 뒤를 성훈을 업은 영지와 탈북녀들이 일렬로 길게 천천히 뒤따랐다.

시내 가장자리까지 불과 200여 m를 걷는 데 10분 이상 소요할 만큼 탈북자들은 몹시 지쳐 있었다.

그 사이에 정필 일행 옆으로 트럭이나 승용차가 대여섯 대지나갔으나 별다른 일은 없었다.

시내 초입에 이르렀을 때, 우측 강가에 유럽식의 3층 건물이 나타났는데 캄분은 그곳이 타완림콩이라는 이름의 레스토랑이라고 알려주었다.

또한 타완림콩은 네델란드인 부부가 주인이며 소규모 호텔을 겸하고 있다고 했다.

잠시 생각하던 정필은 업고 있던 현지명을 내려놓고는 일행을 타완림콩 입구 옆에 앉아서 쉬게 하고 혼자 레스토랑 안으로 들어갔다.

딸랑…….

유리문을 밀자 문 위에 매달린 방울이 영롱한 소리를 내며 낯선 사람이 왔음을 알렸다.

레스토랑 안에는 강 쪽 테라스의 한 테이블에만 손님이 있었는데 서양인 남자 둘과 여자 둘이 대화를 나누면서 술을 마시고 있다.

50대 중반의 남녀는 부부인 듯하고 20대 중반의 남녀는 연인처럼 보였다.

방울 소리가 나자 남녀들이 일제히 입구 쪽을 쳐다보다가 정필을 발견하고는 그중에 중년 남자가 일어나서 밝은 표정으로 정필에게 다가왔다.

"싸와디캅(안녕하세요)."

중년 남자가 태국어로 인사하는데 정필은 마주 다가가면서 영어로 말했다.

"실례지만 부탁이 있습니다."

"오우!"

중년 남자는 정필이 영어를 하고 또 그가 현지인이 아니라는 사실을 발견하고는 뜻밖이라는 표정을 짓더니 환하게 미소 지으며 두 팔을 벌려보였다.

"무슨 일입니까?"

"국제전화를 쓸 수 있겠습니까? 요금은 충분히 드리겠습니다. 부탁합니다."

중년 남자는 흔쾌히 바텐 쪽으로 정필을 안내했다.

"얼마든지 쓰세요."

중년 남자는 정필이 앉아서 전화를 쓸 수 있도록 의자를 갖다 주고는 원래 자리로 돌아갔다.

정필은 장중환 목사에게 전화를 걸었다. 14명의 탈북자를 경찰에 넘기기 전에 그 방법이 가장 좋은 것인지, 아니면 더 좋은 방법이 있는지 확인할 겸 그리고 무사히 태국에 도착했다고 알려주려는 의도다.

뚜르르르…….

신호가 4번 울리자 여자가 전화를 받았다.

—웨이?

바로 앞에 있는 사람하고 통화하는 것처럼 깨끗한 목소리가 들렸다. 태국 변방에서 국제전화를 하다니 생각하지도 못했던 일이다.

"최정필입니다. 목사님 바꿔주십시오."

—아!

여자가 놀라는 탄성을 터뜨리더니 갑자기 소리쳤다.

—목사님! 정필 오라바임다! 얼릉 받으시기요!

정필은 놀라서 기절할 것처럼 소리 지르는 여자가 자신이 인신 매매단에게서 구해온 23살 차진숙이라는 사실을 목소리를 듣고 알았다.

─정필 군인가?

전화를 받은 장중환 목사의 다급한 목소리가 긴장으로 가늘게 떨렸다.

"접니다, 목사님. 여기 태국 치앙라이입니다."

─치앙라이? 거기가 어딘가? 아니, 그건 됐고, 어떻게 됐나? 다들 무사한가?

"14명 모두 데리고 조금 전에 메콩강을 건너서 태국 치앙라이에 들어왔습니다."

─아아… 하나님 감사합니다. 할렐루야……!

장중환 목사의 환호하듯 안도하는 목소리가 정필의 가슴을 무겁게 만들었다.

현지명 씨 부인이 독사에 물려서 죽었다는 소식을 전해야 하기 때문이다.

그러나 정필은 나쁜 소식을 전해야 한다고 해서 주저하는 성격이 아니다.

아무리 좋지 않은 상황이라고 해도 할 말은 하고, 할 일은 해야지만 직성이 풀리는 그다.

그는 장중환 목사에게 현지명 씨 부인이 죽었다는 것과 한서희를 비롯한 8명을 라오스에서 민효중에게 잠시 맡겼다는 얘기를 해주었다.

장중환 목사는 현지명 씨 부인이 죽은 것에 대해서는 몹시 놀라고 또 안타까워했으며, 서희를 비롯한 8명에 대한 일은 김낙현에게 전해 들어서 알고 있었다.

아마도 민효중이 김낙현에게 연락을 했을 것이다. 그로써 민효중이 안기부 요원이라는 사실이 확인됐다. 또한 정필에게 민효중을 소개한 사람이 장중환 목사이므로 그가 안기부의 도움을 받고 있다는 사실도 확인된 것이다.

—아아… 치앙라이라는 곳에는 아는 사람이 없네. 이거 어떻게 하면 좋지?

장중환 목사가 적잖이 당황하는 것 같아서 정필은 문득 짚이는 게 있었다.

"왜 그러십니까? 탈북자들을 이곳 경찰서에 곧장 데리고 가면 안 됩니까?"

—그게 말이야. 탈북자가 태국 지방에 있는 경찰서에 찾아가면 방콕으로 이송시키기 전까지 유치장에서 생활하게 한다는 걸세.

"그래요?"

—그리고 탈북자들이 방콕에 있으면 아무래도 한국 대사관이 근처에 있으니까 여러 면에서 이점이 있다는 말일세. 그런데 지방은 탈북자들을 방콕으로 이송하는 데만 한 달 이상 걸린다고 하네.

"그렇습니까?"

정필은 어이가 없었다. 탈북자를 난민으로 인정해 준다는 태국에서 탈북자들을 경찰서 유치장에 가두어 생활하게 하다니 말도 안 되는 일이다.

이 당시에는 아직 탈북자들이 태국에 대거 유입되는 일이 드물고, 또 자주 있는 일이 아니라서 태국 정부에서 따로 탈북자 유치 시설을 갖추지 않은 상태였다.

설혹 나중에라도 갖춘다고 해도 호텔 같은 훌륭한 시설은 아닐 것이다.

장중환 목사가 씁쓸하게 설명했다.

─탈북자를 난민으로 인정할 뿐이지 그들을 후하게 대접하지는 않는다네.

"목사님, 이 사람들 유치장에서 생활하면 견뎌내지 못할 겁니다. 다친 사람도 있는 데다 다들 많이 쇠약해진 상태라서 유치장 생활은 무리입니다. 더구나 유치장에서 한 달 동안 생활하다간 죽는 사람도 나올 겁니다."

잠시 후에 장중환 목사가 가라앉은 목소리로 말했다.

─방법이 전혀 없는 건 아니네.

"어떤 방법이 있습니까?"

장중환 목사는 방법이라는 것에 대해서, 그리고 몇 가지 팁을 더 말해주었다.

정필은 레스토랑 타완림콩의 주인 네델란드인 한스에게 사정을 이야기했다.

사실 한스에게 사정할 것도 없다. 타완림콩은 호텔을 겸하고 있기 때문에 정필이 돈을 내면 타완림콩에서는 탈북자들에게 숙식을 제공할 것이다.

장중환 목사의 말인즉, 한국 대사관에서 전화만 한 통 해준다면 태국 경찰은 탈북자들에게 어느 정도의 자유를 보장해줄 것이라는 얘기다.

지금 정필이 선택할 수 있는 방법은 두 개다. 하나는 탈북자들을 타완림콩에 묵게 하고, 이곳 치앙라이 경찰서에 탈북자들의 존재를 신고하는 것이다.

그러면 경찰이 어떤 조치를 취할 텐데, 탈북자들을 치앙라이 경찰서로 데려가서 유치장에 수감할 수도 있고, 타완림콩 레스토랑에서 지내는 것을 묵인해 줄 수도 있다. 그렇지만 어떤 결과가 나올지는 지금의 정필로서 짐작조차도 할 수가 없는 상황이다.

잊지 말아야 할 것은, 이 경우에는 탈북자들이 방콕으로 이송하는 데 한 달 가량 소요된다는 사실이다. 정필로서는 절대로 용납할 수 없는 일이다.

두 번째 방법은 탈북자들을 타완림콩에 묵게 하되 치앙라이 경찰에는 알리지 않는 것이다.

이 상황에서는 한스의 절대적인 도움이 필요하다. 즉, 입을 다물어 달라고 부탁해야 한다.

대신 방콕에서 탈북자들을 돕고 있는 한국 교민 단체에 연락을 하면 그들이 차로 탈북자들을 데리러 올 것이고, 그럴 경우 늦는다고 해도 5일에서 10일 정도 소요된다. 유치장에서 한 달 동안 생활하는 것보다는 훨씬 낫다.

교민 단체가 여기까지 탈북자들을 데리러 오는 데 최장 10일이나 소요되는 이유는 인력이나 차량, 자금 같은 것들이 문제가 되기 때문이라는 게 장중환 목사의 말이다.

교민 단체는 말 그대로 태국에 거주하는 한국 교민들이 탈북자들을 돕기 위해서 자발적으로 모인 자선단체다. 그들은 각자 생업이 있고 바쁜 와중에 시간과 돈을 쪼개서 탈북자들을 돕고 있다.

그런 교민 단체가 방콕에서 거의 1,000㎞에 달하는 이곳 치앙라이까지 탈북자들을 데리러 오려면 큰 결정을 해야 하기 때문에 쉽게 움직일 수 없으며 또 최장 10일이나 걸릴 수밖에 없는 것이다.

정필은 잠시 고민하다가 세 번째 방법을 선택했다.

장중환 목사는 두 개의 선택을 제시했는데, 정필은 있지도 않은 세 번째를 선택했다.

정필은 지금부터 세 번째 방법을 자신의 힘으로 밀어붙여서 만들어볼 생각이다.

만약 이 방법이 성공한다면 앞으로 탈북 남쪽 루트에 큰 변화가 일어날 것이다.

기존의 남쪽 루트는 베트남 국경에서 1,200㎞나 떨어진 머나먼 라오스 남쪽 국경 밴통에서 메콩강을 건너 태국 뽕깐으로 들어가는 것인데, 만약 정필의 새로운 루트가 개척된다면 거리와 시간이 절반으로 줄어들 것이다.

타완림콩의 주인 한스 부부는 레스토랑 안으로 밀려들어오는 14명의 탈북자를 보고 크게 놀랐다.

탈북자들은 누가 봐도 태국이나 라오스 등 동남아시아인하고는 용모나 옷차림에서 큰 차이가 났다.

더구나 탈북자들은 한눈에도 몹시 초췌하고 피곤에 지친 모습이 역력해서 한스 부부를 놀라게 만들었다.

그런데 한스 부부는 정필이 탈북자들에 대해서 무슨 설명을 하기도 전에 서슴없이 탈북자들에게 다가가서 서둘러 그들을 부축하여 의자에 앉혔다.

정필이 다시 설명을 하려고 하니까 한스 부부는 지금은 바쁘니까 나중에 얘기하라면서 우선 탈북자들을 쉬도록 하고, 뭔가를 먹여야 한다며 부인이 요리를 하기 위해 주방으로 달려 들어갔다.

테라스에 있던 연인으로 보이는 젊은 서양인 남녀도 일어나서 남자는 한스를 돕고, 여자는 한스 부인을 도우려고 주방으로 들어갔다.

정필은 한 번도 경험해 보지 못했던 전혀 새로운 상황에 처해 적잖이 당황했다.

한스 부부와 젊은 남녀―한스 부부의 딸과 애인이다―는 정필에게 아무 말도 하지 않았다.

그러면서 당황하거나 우왕좌왕하지도 않았고, 사전에 미리 제 역할을 정해놓기라도 한 것처럼 각기 탈북자들을 편안하게 하고 그들이 필요한 것이 무엇인지 알아내어 돕는 것을 최우선으로 하고 있었다.

정필은 그들 네델란드인 남녀 4명이 행동으로 보여주는 커다란 메시지를 받고 가슴이 뭉클했다.

한스 부부가 행동으로 보여주는 무언의 메시지는, 도움이 필요한 사람에겐 이유를 불문하고 무조건 도움을 준다,라는 것이었다.

한스 부부와 그들의 젊은 딸 커플은 탈북자들에게 따뜻하고 맛있는 네델란드 스프와 요리를 배불리 먹이고 난 후에 목욕을 하도록 했으며, 그 다음에 객실로 안내하여 쉬도록 배려했다.

한스 부부들은 그렇게 한바탕 작은 전쟁을 치르고 나서야 처음에 자신들이 앉아서 술을 마시고 있던 테라스의 테이블로 정필과 캄분을 안내했다.

　"시장하지 않습니까?"

　그러고서도 한스는 저들이 누구며 어떻게 된 일이냐고 묻지 않고 정필과 캄분에게 식사를 권했다. 아까 정필과 캄분이 탈북자들을 돕느라 아무것도 먹지 않았다는 사실을 기억하고 있었던 것이다.

　"미스터 한스."

　"예스."

　정필은 진지한 표정을 지었다.

　"그들은 북한 사람들입니다."

　한스 부부와 딸 커플은 처음에는 정필의 말을 알아듣지 못하고 의아한 표정을 지었다.

　"그들은 북한에서 자유를 찾아 탈출했으며 대한민국으로 가고 있는 중입니다."

　"오오……."

　"오! 마이 갓!"

　잠시 후에야 한스 부부 등 네 사람은 정필의 말을 조금 이해하고 탄성을 터뜨렸다. 얼마나 놀랐는지 두 여자는 의자에서 벌떡 일어섰다.

한스 부부에게 사정을 설명하고 난 후에 정필은 캄분과 함께 자리를 피해주었다.

정필이 한스 부부에게 어떤 도움을 요청했는데, 그것에 대해서 그들이 의논을 할 필요가 있기 때문이다.

정필과 캄분이 테라스 끝에 있는 두 개의 흔들의자에 나란히 앉아서 어둠에 잠긴 메콩강을 바라보며 담배를 나눠서 피우고 있는 동안, 한스 부부 등은 네델란드어로 진지하게 의논을 하고 있었다.

정필로서는 처음 듣는 네델란드말이지만 이따금 들은 적이 있는 독일어와 비슷한 악센트인 것 같았다.

정필은 적잖이 긴장했다. 만약 한스 부부가 도와준다고 하면 그가 새로 만들려고 하는 세 번째 방법이 가능하겠지만 그 반대일 경우에는 두 번째 방법, 즉 방콕의 한국 교민 단체의 도움을 받을 수밖에 없다.

의논을 하고 있는 한스 부부들의 표정은 매우 진지하고 또 목소리는 나직했지만 대화는 그리 길지 않았다. 잠시 후에 한스가 손짓을 하며 정필을 불렀다.

"미스터 최."

정필이 다가가서 한스 부부들의 테이블에 합석하고 캄분은 조금 떨어진 곳에 서서 지켜보았다.

한스는 진지한 표정으로 정필에게 말했다.

"우리는 탈북자들을 돕기로 결정했습니다."

정필의 표정이 환하게 밝아졌다.

"감사합니다."

그는 한스의 손을 덥석 잡고 흔들었다.

조금 전에 정필은 한스에게 자신의 계획을 솔직하게 있는 그대로 설명하면서 도와달라고 부탁했었는데 방금 한스는 정필이 아니라 '탈북자들'을 돕겠다고 말했다. 정필 개인이 아닌 탈북자라는 난민을 돕겠다는 뜻이다.

그것이야말로 진정한 박애(博愛)라고 할 수 있다.

한스의 결정을 듣자마자 정필은 곧장 바텐의 전화기로 달려가서 한국으로 전화를 걸었다.

뚜르르르……

신호가 가는데 받지 않는다.

지금 시간은 밤 11시. 대한민국하고 시차가 얼마가 나는지 모르지만 지금 상황에서는 그런 건 어쨌든 상관없다는 정필의 심정이다.

사실 태국하고 대한민국의 시차는 2시간이다. 태국이 밤 11시로 이른 시간이고, 대한민국은 새벽 1시니까 그다지 늦은 시간도 아니다.

뚜르르르…….

그런데 신호가 10번 이상 가는데도 받지 않고 있다. 이건 그쪽에 전화를 받는 사람이 없다는 뜻이다.

척!

정필은 일단 전화를 끊고 생각을 정리했다.

그 다음에는 장중환 목사가 가르쳐 준 방콕의 한국 교민 단체에 전화를 해야 하고 마지막으로 대사관이다.

대사관에서 어떤 조치를 취하기 전에 이쪽에서 계획을 만들어놔야 하는 것이다.

정필은 다시 처음 걸었던 곳으로 버튼을 눌렀다. 일단 무조건 이 사람하고 통화를 해야 한다.

뚜르르르…….

신호가 간다. 저쪽에서 전화를 받아야지만 세 번째 계획의 첫 번째 단추가 제대로 끼워질 것이다.

또다시 신호가 10번 이상 가는데도 전화를 받지 않는다. 그가 집에 없는 게 분명하다.

그렇다면 포기해야 한다. 단념할 때는 깨끗하게 접는 게 정필의 성격이다.

수화기를 내려놓으려고 하는데 신호음이 뚝 끊어지더니 누군가의 목소리가 들렸다.

―여보세요.

정필은 급히 수화기를 다시 들었다.

"팀장님."

—…….

상대방은 거친 숨을 씨근거렸다. 전화벨 소리를 듣고 집에 뛰어 들어온 모양이다.

그런데 갑자기 침묵했다. 정필이 불쑥 '팀장님'이라고 부르니까 놀란 모양이다.

—너… 정필이냐?

"단결! 하사 최정필!"

정필이 갑자기 차렷 자세를 취하면서 경례를 붙이자 테라스의 한스 일행과 정필 뒤쪽에서 서성거리던 캄분이 놀라서 쳐다보았다.

—쉬어.

전화선 너머에서 고재영 팀장의 예의 카랑카랑한 목소리가 나직하게 전해왔다.

—어디냐?

"태국 치앙라이입니다."

고재영은 다짜고짜 물었다.

—무슨 일이냐?

"탈북자들을 돕고 있습니다."

—탈북자? 이 자식, 꼭 저다운 일만 하고 있구나.

"죄송합니다."

고재영의 거칠었던 숨소리가 차츰 안정됐다.

─그 일에 내가 필요한 거냐?

"그렇습니다."

정필은 고재영과 통화를 시작한 이후 줄곧 차렷 자세를 풀지 않고 있다.

고재영은 예전에 정필이 속해 있던 팀, 즉 특전사 중대의 중대장이었으며 계급은 대위다.

1995년 11월, 고재영과 또 한 명의 팀장이 이끄는 2개 팀 24명이 리비아에 급파, 위험에 처한 교민 구출 작전을 수행하던 도중에 일어난 일이다.

그 당시 상황이 악화되고 리비아 반군과 치열한 교전이 예상되자 상부에서 교민들을 포기하고 철수하라는 명령이 떨어졌다.

그러나 고재영은 명령을 불복하고 작전을 감행하여 교민 구출을 성공시킨 죄로 옷을 벗고 권고 전역했었다.

그 당시에 정필은 고재영 팀 소속이었으며, 정필은 당시 고재영의 결정이 옳았다고 지금도 생각하고 있다. 고재영이 아니었으면, 리비아의 한국 교민 24명의 생사는 어떻게 됐을지 아무도 장담하지 못했을 것이다.

─내가 어떻게 하면 되는 거냐?

"이리 와주십시오."

고재영에겐 구구한 설명이 필요하지 않다. 척하면 착이다. 그게 바로 대한민국 제707특수임무대대, 즉 707특임대 요원들 간의 교감이다.

"요즘 뭐 하십니까?"

—쯧… 기업체 회장님 보디가드다.

"제가 열 배 연봉 드리겠습니다."

—야, 최정필.

정필은 하늘 같은 팀장의 심기를 잘못 건드렸다는 생각에 극도로 긴장했다.

"악! 하사 최정필!"

—죽을래?

"시정하겠습니다!"

그때 전화선 너머에서 느닷없이 술 취한 여자의 코 먹은 애교가 작렬했다.

—아이잉… 오빠… 전화 그만하고 우리…….

—너 가서 냉장고에 차가운 캔 맥주 좀 갖고 와라.

—히잉… 알았어.

혼자 살고 있는 고재영이 여자와 술을 마시다가 집에 데리고 온 모양이다.

그런데 여자가 달라붙으면서 아양을 떠니까 맥주를 가져오라면서 심부름을 시켰다.

—어… 나랑 결혼할 여자다.

정필이 묻지도 않았는데 고재영이 어색하게 변명했다.

"그러십니까?"

정필은 서둘러 전화를 끊었다. 고재영의 한밤의 섹스를 방해할 생각은 손톱만큼도 없다.

정필은 고재영과 통화를 끝내고 나서 두 번째로 장중환 목사가 가르쳐 준 전화번호로 방콕의 한국 교민 단체, 일명 '북녘'과 통화했다.

북녘에 내일이나 모레쯤 한국에서 사람이 올 것이며, 그들에게 편의를 제공해 달라고 부탁했다.

그리고 맨 마지막으로 방콕의 한국 대사관에 전화를 걸어 이쪽 사정에 대해서 설명해 주었다.

—최정필 씨입니까?

자신을 박주형이라고 소개한 전화를 받은 대사관 참사관이 끊기 전에 정필에게 물었다.

"그렇습니다."

—언제쯤 연락이 올지 기다리고 있었습니다.

정필은 안기부에서 태국 방콕 주재 한국 대사관에 미리 손을 써둔 것이라고 생각했다.

―우리가 여러모로 도움을 드릴 수는 있지만 대사관에서 직접 움직이지는 못합니다.

"알고 있습니다."

정필의 머리가 빠르게 돌아갔다.

"혹시 제 동료가 찾아가면 대사관 차량임을 증명하는 스티커나 증명서 정도는 해줄 수 있습니까?"

그렇게 된다면 태국 국내에선 만사형통이다.

―거기에 곱하기 10 정도라도 가능합니다.

"알겠습니다."

정필은 전화를 끊고 다시 고재영에게 전화를 했다.

신호가 10번이나 가는데도 받지 않았지만 정필은 끊지 않았다. 고재영이 지금쯤 데리고 온 여자하고 무엇을 하고 있을지 짐작하기 때문이다.

그렇지만 지금 상황은 고재영의 열락(悅樂)을 방해해서 욕을 얻어먹을 만큼 중요하다.

신호가 30번쯤 갔을 때 고재영이 거친 숨소리를 씨근거리면서 전화를 받았다.

―야! 정필이, 이 새끼! 너 죽고 싶어? 지금 작전 중인 거 몰라, 너?

고재영은 이 밤중에 전화를 건 사람이 정필이라고 단정한 모양이다.

정필은 고재영이 화내는 게 당연하다고 생각했지만 무시하고 할 말을 했다.

"중대장님, 방콕에 도착하시면 곧장 대사관으로 가셔서 박주형 참사관을 찾으십시오."

—대사관? 한국 대사관 말이야?

"그렇습니다."

—누구? 참사관 박주형?

"그렇습니다."

갑자기 고재영이 버럭 소리를 질렀다.

—아아… 선희야! 어딜 깨무는 거야, 너?

정필은 실소가 나왔다. 고재영이 데리고 들어온 여자 이름이 정필의 여동생 선희하고 이름이 같기 때문이다.

고재영이 서둘렀다.

—야, 최정필, 그러니까 한국 대사관에 찾아가라는 거지? 알았으니까 끊자.

"단결!"

정필이 전화를 끊으려는데 술 취한 여자의 혀 꼬부라진 목소리가 그의 동작을 멈추게 했다.

—뭐야? 최정필이면 우리 오빠잖아? 바꿔봐. 나 전화 바꿔 보란 말이야……!

정필은 그냥 수화기를 귀에 대고 가만히 있었다. 설마 고재영하고 같이 있는 여자가 자신의 여동생 최선희일 가능성은 억만 분의 일이라고 생각하면서도 심장이 두근거리는 건 무슨 이유인지 모를 일이다.

그러고는 수화기에서 믿을 수 없게도 정필의 귀에 익은 달착지근한 목소리가 흘러나왔다.

─오빠! 정필 오빠야?

정필은 입이 굳어버렸다. 수화기에서 흘러나온 목소리는 정말 그의 여동생 선희였다.

─오빠! 대답해! 최정필이냐고?

"그…래."

─할아버지 성함은?

"최문용."

─고향은?

이상한 문답이 오갔다.

"함경북도 회령."

─이런, 젠장! 정필 오빠 맞잖아?

세상에 여자가 '이런, 젠장'이라고 아무렇지도 않게 내뱉는 사람은 정필 여동생 최선희뿐일 것이다.

잠시 후에 고재영이 전화를 건네받았다.

─어… 최정필.

"어떻게 된 겁니까?"

고재영이 한 풀, 아니, 여러 풀 꺾인 목소리로 중얼거렸다.

—나 선희 사랑하고 있다.

정필은 거두절미했다.

"결혼할 생각이십니까?"

—그, 그래. 선희랑 결혼하고 싶다.

옆에서 선희의 끈적끈적한 그렇지만 사랑스러운 목소리가 참견을 했다.

—재영 오빠, 나하고 결혼하려면 우리 오빠 허락 떨어져야만 돼. 정필 오빠가 우리 집 대빵이야.

고재영의 목소리가 한결 고분고분해졌다.

—어… 그러니까 내일이나 모레 방콕에 도착하는 즉시, 한국 대사관에 찾아가라는 거지?

"그렇습니다."

그러고는 잠시 침묵이 흘렀다. 정필은 이제 할 말은 다 했으니까 전화를 끊어도 되지만 뭔가 미진한 것이 잔뜩 남아 있는 기분이다.

—최정필.

"악! 하사 최정필!"

—아… 살살 얘기하자, 살살. 편히 푹 쉬어라.

"알겠습니다."

—그런데 말이야. 나 선희 무지 사랑하고 있다. 나 여자 사

랑하는 거 생전 처음이다. 너 알지?

"그러십니까?"

고재영 말투가 점점 부드러워지고 저자세가 되었다.

—야… 최정필, 네가 선희 오빠일 줄은 꿈에도 몰랐다.

"저도 그렇습니다."

—선희 말이 자기 오빠 중국 연길에서 자동차 사업을 하고 있다던데…….

정필은 이쪽을 주시하고 있는 한스 일행과 캄분을 힐끗 쳐다보고 나서 깐깐하게 말했다.

"하시고 싶은 말씀이 뭡니까?"

솔직함과 단도직입적인 점에서는 타의 추종을 불허하는 두 사내다.

—선희하고 결혼 허락해다오.

"팀장님 하시는 거 보겠습니다."

—어… 어?

"끊겠습니다."

정필이 전화를 끊기 전에 고재영의 활기 가득 찬 목소리가 수화기를 부술 듯이 터져 나왔다.

—우리에게 약속된 땅은 고립무원의 땅이며, 하늘과 땅 그리고 바다가 우리의 친구이자 전우이다!

갑자기 정필의 심장이 두근거리고 피가 뜨거워졌다. 지금 고재영이 외치고 있는 것은 특전사 중에서도 특전사인 제707특임대의 생활관에 걸려 있는 글귀의 첫 대목이다.

정필은 더욱 부동자세를 취하면서 배에 힘을 잔뜩 주고 고재영과 합창으로 외쳤다.

"국가가 우리에게 임무를 줄 때, 그때 우리가 입고 있는 군복이 수의임을 알고!"

보이지 않는 전파를 타고 두 사내의 쩌렁쩌렁한 목소리가 대한민국과 태국의 밤하늘에 울려 퍼졌다.

"조국과 민족에 대한 뜨거운 사랑을 충용으로 승화시킬 수 있는 707특수임무부대원이 된다!"

척!

수화기를 내려놓는 정필의 가슴이 불에 덴 듯 뜨거워졌고 두 눈에서는 불길이 이글거렸다.

제46장
라오스 작전

　전화할 곳에 두루 전화를 끝낸 정필은 전화기 앞에서 잠시
생각하다가 수화기를 들고 버튼을 눌렀다.

　뚜르르르……

　신호음이 7~8번쯤 울렸을 때 저쪽에서 전화를 받았다.

　—여보세요?

　연길 흑천상사 2층의 소영이 전화를 받았다. 집으로는 몇몇
아는 사람만 전화를 하기 때문에 소영은 안심하고 조선말로
전화를 받는다.

　"정필입니다."

—아…….

정필은 순박한 소영이 숨이 멎을 것처럼 놀라는 표정을 짓는 모습이 눈에 선하게 보이는 듯했다.

"별일 없습니까?"

—네…….

평소 목석같은 정필이지만 소영에게만은 따스하게 대하려고 애쓰는 편이다.

특히 그날 밤 그런 일이 있었고, 그것 때문에 소영이 얼마나 괴로워했었는지 잘 알기 때문에 되도록 소영에게는 너그럽게 대하려고 마음먹었다.

더구나 다혜에게서 육욕(肉慾), 즉 섹스에 굶주린 사람을 구하는 것이 불교에서는 육보시라고 하며, 그것 또한 자비의 한 형태라는 얘길 듣고 정필은 깨달은 바가 매우 컸었다.

—정필 씨, 아픈 데는 없습까?

"소영 씨 보고 싶은 것 빼고는 아픈 데 없습니다."

정필에게는 어울리지 않는 아부성 농담이었는데 역시 소영에게는 먹히지 않는 모양이다.

—지난번에 그거이… 제가 정말 잘못했습다… 주인님이… 앙이, 정필 씨가 누구라고 제가 감히 그런 짓을…….

정필은 그동안 소영하고 대화를 나눌 기회가 없었는데 그녀는 지금 그날 밤 만취해서 한 행동에 대해서 사과를, 아니,

사죄를 하고 있다.

"소영 씨, 그러지 마십시오."

―정필 씨가 화나셨을까 봐…….

"그까짓 게 뭐라고 소영 씨를 거부했었는지 그것 때문에 화가 났었습니다."

―…….

"어차피 죽으면 썩어질 몸뚱이가 뭐가 그리 대단하다고 소영 씨를 그토록 아프게 했는지… 정말 미안합니다."

정필은 한스 부부를 보면서 진짜 박애가 무엇인지 조금쯤 깨달았다.

정필은 꼭 여자를 사랑하지 않더라도 상황에 따라서는 섹스를 할 수도 있다는 어디에서도 가르쳐 주지 않는 학습을 하고 있다.

"철민이를 봤습니다."

정필이 불쑥 말했다.

―…….

"철민이가 큰엄마하고 베트남 밀림에 있는 걸 내가 발견해서 구했습니다."

―그… 그거이…….

정필은 소영이 할 말을 앞질렀다.

"참말입니다. 철민이는 지금 안전한 곳에 있으니까 내가 며

칠 내로 태국에 데려다줄 겁니다. 그전에 소영 씨하고 전화통
화를 할 수 있도록 하겠습니다."

—으흐흐흑……

소영은 아무 말도 하지 못하고 흐느껴 울기만 했다.

"내가 철민이 사진 찍어서 갈 테니까 기다리세요."

—어흐흐흑……! 고맙습다… 주인님……. 고맙습다…….

정필이 절대로 주인님이라고 부르지 말라고 그렇게 주의를
주었지만 소영의 입에서 너무도 자연스럽게 그 호칭이 흘러나
왔다.

정필은 화장실에 들어가 전대에서 미화 만 달러를 꺼내들
고 테라스의 한스 일행에게 갔다.

척!

정필이 100달러짜리 100장 한 묶음 만 달러를 불쑥 내밀자
한스는 물론 일행 전원이 크게 놀랐다.

"오우! 노우! 노우!"

한스는 필사적으로 두 손을 저으며 받기를 거부했다.

"This is deal with(이건 거래입니다)."

정필의 말에 한스는 정색을 했다.

"It is insulting(이것은 모욕입니다)."

영어가 약한 정필은 'Insulting'이 '모욕적'이라는 뜻이라는

것을 기억해 내는 데 한참 걸렸다. 그는 즉시 돈을 품속에 넣고 정중히 허리를 굽혔다.

"I'm so sorry, make a polite apology(정말 죄송합니다. 정중히 사과드립니다)."

바아아―

정필은 기다리고 있던 캄분과 함께 롱테일보트를 타고 메콩강을 가로질러 라오스 영토로 향했다.

태국 치앙라이의 타완림콩 주인 한스하고는 얘기가 잘 됐으니까 이제 캄분하고만 얘기가 잘 풀리면 이쪽 루트는 대체적인 밑그림이 그려졌다고 볼 수 있다.

그러나 정필은 보트가 라오스 보케오 강가에 도착할 때까지 입을 굳게 닫은 채 깊은 생각에 잠겨 있었다.

턱!

배가 메콩강 보케오 쪽 강가에 닿자 그때까지 강가에서 초조하게 기다리고 있던 김길우와 옥단카가 반가운 표정으로 달려오면서 외쳤다.

"터터우!"

"준상!"

정필은 한 손으로는 김길우의 손을, 다른 팔로는 옥단카를 안고 미소를 지었다.

"무사히 돌아왔습니다."

"아아… 다행임다. 내래 심장이 쪼그라들어서리 숨이 막혀 죽는 줄 알았습다……!"

기다리는 동안 김길우가 얼마나 정필을 걱정했었는지는 그의 두 눈에 눈물이 글썽이고 있는 것만 봐도 충분히 짐작할 수 있다. 그는 정이 많은 사람이다.

정필은 약간 떨어진 곳에 서 있는 캄분과 보트에 앉아 있는 라오스 남자를 쳐다보다가 캄분에게 가까이 오라고 손짓을 해서 불렀다.

"미스터 캄분, 수고했습니다."

정필이 고개를 끄떡이면서 100달러짜리 3장을 내밀었다.

약속했던 200달러보다 100달러가 많은 것을 확인한 캄분은 어리둥절했다.

"더 시킬 일이 있습니까?"

캄분은 100달러를 더 준 이유가 아직 할 일이 남았기 때문인 것으로 생각했다.

"100달러를 더 준 것은 미스터 캄분이 잘해준 것에 대한 보너스입니다."

"아……."

깜짝 놀란 캄분은 두 손으로 합장을 하면서 연신 허리를 굽실거렸다.

"컵차이, 컵차이(고맙습니다, 고맙습니다)."

라오스는 인구의 90% 이상이 불교 신자이고 국가가 불교를 국교(國敎)로 정했다.

정필은 지나칠 정도로 고마워하는 캄분의 어깨에 손을 얹고 진지하게 말했다.

"미스터 캄분, 우리 조용한 곳에서 비즈니스 얘기를 좀 더 해보지 않겠습니까?"

캄분은 놀란 얼굴로 정필을 바라보았다.

"비즈니스?"

정필은 고개를 끄떡였다.

"미스터 캄분, 현재 연봉이 얼마입니까?"

34세의 가장인 캄분은 수줍게 말했다.

"2백만 킵(Kip:라오스 화폐단위) 정도 됩니다. 그러니까 미화로는 240달러쯤입니다."

한 달 수입이 2만원 수준이라는 얘기다.

캄분은 정필 일행을 자신의 집으로 안내했다. 그의 집은 메콩강을 도강했던 보케오에서 하류 쪽으로 6㎞쯤 떨어진 통펑이라는 아담한 마을이다.

통펑은 메콩강 강가의 야트막한 언덕에 자리를 잡고 있는 마을인데 밤이라서 어떤 풍경인지 알 수가 없었다.

그렇지만 언덕 위쪽에 있는 캄분의 집은 뜻밖에도 유럽풍의 멋진 2층 양옥집이었다.

캄분과 정필 일행이 탄 소형 벤츠는 양옥집의 매우 넓은 마당으로 들어가서 멈췄다.

마당 한쪽에는 트럭이 한 대 서 있으며 쌀자루들과 함께 정필 일행과 탈북자들을 태우고 온 바로 그 트럭이다.

모두 소형 버스에서 내리고 있을 때 양옥집에서 라오스 전통 의상을 입은 여자가 캄분을 맞이하려고 나오다가 정필 등을 발견하고 깜짝 놀라는 표정을 지었다.

캄분은 아담한 체구에 몹시 수줍어하는 여자를 정필 일행에게 소개했다.

"제 아내입니다."

라오스의 1월 날씨는 낮에는 여름처럼 덥지만 밤에는 한국의 가을처럼 제법 쌀쌀하다.

캄분은 아까 라오스 전통 의상을 입고 마중을 나왔던 아내에게 술상을 봐오라 시키고 정필 등을 2층으로 안내하여 강이 보이는 발코니의 테이블에 앉았다.

캄분의 설명에 의하면 그는 25살에 결혼해서 7년 동안 끈기 있게 이 집을 지었다고 한다.

라오스 사람들은 돈이 조금씩 모일 때마다 집을 짓는데 보통 5년에서 10년씩 걸린다는 것이다.

그래서 다들 근사한 집을 갖고 있으며 오랜 세월 동안 프랑스의 지배를 받았던 탓에 프랑스풍 집을 선호한다.

라오스의 길을 가다가 시선을 끄는 근사한 별장이나 성채처럼 으리으리한 집의 주인은 뜻밖에도 대부분 농부거나 간혹 평범한 장사꾼들이라고 한다.

마당에 주차해 놓은 15년 된 낡은 2.5톤 일제 트럭은 캄분이 결혼 5년 동안 운전수 일을 하면서 한 푼 두 푼 모은 돈으로 장만했다는 것이다.

그는 그 트럭으로 2년 전부터 운송 사업을 하고 있다. 물건을 운송해 주고 수수료를 받는 것인데, 한국으로 치면 개인용달인 셈이다.

"캄분 씨는 내가 무슨 일을 하는지 알겠습니까?"

원활하지 않은 영어보다는 한국말이 편한 정필이 한국말로 말하면 김길우가 중국 말로, 그리고 옥단카가 라오어로 통역을 했다.

캄분은 고개를 끄떡였다.

"북한 사람들을 태국으로 보내는 일을 하는 걸로 압니다."

그는 정필을 따라다니면서 눈으로 보고 귀로 들은 게 있어서 정필이 무슨 일을 하는지 대충 짐작했다.

"그렇습니다."

정필은 고개를 끄떡였다.

"북한 사람들을 베트남 국경에서 차량에 태우고 이곳 보케오를 거쳐서 메콩강을 건너게 해주는 일을 캄분 씨에게 맡기고 싶습니다."

캄분 뒤에는 아내가 다소곳이 앉아 있는데, 그녀는 시간이 늦었는데도 피곤한 기색 없이 자못 긴장한 표정으로 옥단카의 통역에 귀를 기울이고 있다.

캄분이 말했다.

"제가 할 일은 탈북자들을 타완림콩 레스토랑까지 데려다주면 되는 겁니까?"

"그렇습니다. 거기까지가 캄분 씨의 일입니다."

캄분은 긴장된 얼굴로 정필을 바라보다가 힘 있게 고개를 끄떡였다.

"하겠습니다."

캄분은 정필이 수고비로 얼마를 주겠다든가 다른 조건을 말하지 않았는데도 하겠다고 승낙했다. 비록 짧은 시간이지만 정필을 충분히 겪어봐서 그를 신뢰할 수 있다고 생각했기 때문일 것이다.

정필은 라오스에 새로운 루트를 개척하는 상황이고, 그것이 성공하면 최소 수백 명의 탈북자를 원활하게 구출할 수가 있을 것이다.

그렇기 때문에 사실 캄분에게 연봉 백만 달러를 준다고 해도 아깝지가 않다.

그러나 과유불급(過猶不及)이라고 했다. 너무 지나치면 미치지 못한 것과 같은 것이다. 사실 어떤 일이든지 지나친 것보다는 조금 모자란 듯한 것이 좋다.

연봉 240달러인 캄분에게 백만 달러를 준다면 그로 인해서 폐단이 생길 수도 있다. 이를테면 원래 욕심 따위를 모르고 살아온 캄분에게 욕심이라는 것을 싹트게 할 수도 있다는 얘기다.

그렇게 되면 순진한 라오스 사람 한 명을 정필이 타락시키는 꼴이 돼버린다.

정필은 진지한 얼굴로 손가락 하나를 세웠다.

"연봉은 3천 달러 주겠습니다."

"What?"

캄분은 소스라치게 놀란 나머지 영어가 튀어나왔다.

"매달 250달러의 월급을 선불로 지급하겠습니다."

"아아… 너무 많습니다……."

연봉 240달러면 월급이 20달러다. 그런데 정필이 매달 월급으로 250달러를 주겠다니 20달러의 무려 12.5배에 달하는 거액이다.

한 달 수입 20달러로도 캄분 가족은 라오스에서 중류층의
생활을 누리고 있었다.

그런데 250달러면 그가 살고 있는 통펑마을에서 제일 부자
소리를 듣는 건 시간문제다.

그렇지만 연봉 3천 달러는 정필이 생각한 적정 수준이다.
캄분이 어느 정도 풍족한 생활을 할 수 있도록 해주어야 일
에 전념할 것이기 때문이다.

캄분과 그의 아내는 서로의 얼굴을 마주 보면서 마치 꿈을
꾸는 듯한 표정을 지었다.

"조만간 어떤 사람이 방콕에서 비엔티엔으로 소형 버스와
SUV, 그리고 밴 몇 대를 갖다줄 겁니다. 캄분 씨는 비엔티엔
으로 가서 그 차들을 가져오십시오."

정필은 고재영이 태국에 오면 타완림콩에 있는 탈북자들을
방콕의 안전 가옥으로 이송시킨 후에 방콕에서 차량을 몇 대
사서 비엔티엔으로 갖고 오게 할 생각이다.

그러나 캄분은 갑작스러운 정필의 말을 제대로 이해하지
못한 것 같았다.

"그… 게 뭡니까?"

정필은 부드러운 미소를 지었다.

"이제부터 캄분 씨는 운송 회사를 운영하십시오. 평소에는

그 차량들로 영업을 하다가 내가 연락을 할 때만 탈북자들을 이동시키면 됩니다."

"……"

캄분은 자기보다 더 놀라는 표정을 짓고 있는 아내의 얼굴을 한 번 쳐다보고 나서 놀라움을 감추려고도 하지 않고 말했다.

"저에게 차를 빌려주시겠다는 말씀입니까?"

"그렇습니다. 처음에는 5대 정도로 시작하십시오."

"저… 저는 돈이 없는데 차량 값을 몇 년에 걸쳐서 조금씩 갚으면 안 되겠습니까?"

"나하고 거래하는 동안 무상으로 임대하겠습니다. 그리고 일이 끝나면 차량을 캄분 씨에게 주겠습니다."

캄분과 아내는 너무 놀라서 서로 손을 잡은 채 뒤로 자빠질 것 같았다.

"아아……."

"SUV에는 트레일러를 연결해서 모터보트 2대를 실어 보내겠습니다."

보트가 있으면 탈북자들을 메콩강 건너 태국으로 실어 나르기가 수월할 것이다.

"보트까지……."

캄분은 마른하늘에 갑자기 벼락을 맞은 것처럼 정신이 없는 얼굴이다.

"그… 런데 SUV가 뭡니까?"

옥단카가 간단하게 설명했다.

"지프예요."

"아… 지프!"

라오스에서는 지프가 대단한 인기를 누리고 있지만 워낙 구하기가 어려워서 부르는 게 값일 정도다.

정필이 물었다.

"보케오를 찾는 관광객이 있습니까?"

"많지는 않지만 매달 평균 3천 명 정도는 된다고 합니다. 아무래도 골든트라이앵글이다 보니까……."

"보케오의 관광 시설은 어떻습니까?"

"모든 것이 형편없습니다. 특히 숙식이 마땅하지 않아서 관광객들이 왔다가 구경만 하고 서둘러서 루앙프라방이나 방비엥, 비엔티엔으로 돌아갑니다."

정필은 잠시 생각에 잠겼고, 캄분과 그의 아내는 서로 손을 잡은 채 정신을 수습하느라 심호흡을 했다.

약간 까무잡잡한 피부에 상당한 미모를 지녔으며 몸에 찰싹 달라붙는 라오스 전통 옷 덕분에 늘씬한 몸매가 드러난 캄분의 아내 팁랑은 눈을 동그랗게 뜨고 정필의 얼굴에서 시선을 떼지 못했다.

모두의 시선을 받으면서 이윽고 정필이 생각을 끝내고 입을 열었다.

"캄분 씨가 운송 사업보다는 보케오에서 관광업을 하는 건 어떻겠습니까?"

"관광업이요?"

"보름쯤 후에 나나 아니면 내 대리인이 라오스에 올 겁니다. 그래서 라오스 정부에 관광업을 하겠다고 정식으로 요청을 해서 허가가 나면 보케오에서 사업을 하는 겁니다. 그때 캄분 씨는 내 동업자가 되는 겁니다."

"아아⋯⋯."

캄분은 너무 놀란 나머지 자신도 모르게 자리에서 일어났다.

"이곳에 소규모 호텔을 지어서 관광객을 유치하고 강변에 수상 레저 시설을 갖추는 겁니다. 그러면서 관광객들을 실어 나르는 일을 병행합니다."

관광업을 하여 호텔까지 운영하면 그 와중에 탈북자들이 관광객처럼 섞여서 이동을 하고 또 캄분이 운영하는 호텔에도 자연스럽게 투숙할 수 있을 것이다.

캄분과 아내 팁랑은 너무 놀라 정신이 하나도 없어서 아무 말도 못 하고 그저 눈만 깜빡거렸다.

"일단 그 정도로 합시다. 나머지는 앞으로 봐가면서 차츰 얘기하도록 합시다."

정필은 김길우에게 10달러 지폐 5장을 받아서 250달러를 만들어 캄분 앞에 밀어주었다.

"이번 달 월급입니다. 캄분 씨는 이제부터 트럭 운송일을 그만두도록 하고 트럭은 처분하세요. 관광업 일에만 전념해야 합니다."

캄분은 두 손으로 이번 달 월급을 선불로 받고 합장을 하면서 고개를 숙였다.

"아… 알겠습니다."

"캄분 씨가 해야 할 일 중에 가장 중요한 게 있습니다."

"뭡니까?"

"비밀을 지키는 겁니다."

"아…….."

"이제부터 캄분 씨는 관광사업을 하는 사업가입니다."

"음…….."

정필이 시계를 보니 새벽 2시 40분이다.

"라오스에 통행금지가 있습니까?"

"어, 없습니다."

슥—

정필이 일어서자 김길우와 옥단카도 따라 일어섰고, 캄분과 팁랑은 엉거주춤 일어섰다.

"갑시다."

"어디까지 가는 겁니까?"

"무앙마이 근처까지입니다."

무앙마이는 민효중이 있는 곳이다.

캄분은 테이블에 차려진 요리와 술을 가리켰다.

"아무것도 드시지 않을 겁니까?"

정필은 아쉬운 표정을 짓고 있는 캄분 아내 팁랑을 한 번 쳐다보고는 자르듯이 말했다.

"나중에 먹읍시다."

정필이 시계를 보면서 물었다.

"무앙마이까지 얼마나 걸립니까?"

라오스 전체 지역에 대해서는 훤한 캄분이 대답했다.

"650㎞니까 9시간 정도 걸립니다. 빨리 밟으면 8시간 안에 도착할 수도 있습니다."

"거기에 가서 탈북자 8명을 태우고 다시 이곳으로 와야 합니다."

"아……."

"그러고 나서 나는 여길 떠날 겁니다."

정필은 자신과 김길우를 가리켰다.

"운전은 우리 셋이 교대로 하면 될 겁니다. 문제는 검문소입니다. 무앙마이까지 검문소가 몇 개 있습니까?"

"2개입니다."

"군인들을 포섭할 수 있습니까?"

캄분은 어리둥절한 표정을 지었다.

"어떻게… 말입니까?"

"캄분 씨가 앞으로 관광사업을 할 거라면서 잘 부탁한다고 뇌물을 주십시오."

"아… 그런 거면 가능할 겁니다."

"한 검문소에 병사가 몇 명입니까?"

"3명입니다."

슥─

정필은 600달러를 내밀었다.

"이제부터 한 명당 매달 100달러씩 준다고 하십시오."

캄분은 기겁했다.

"너무 많습니다."

정필은 캄분 손에 600달러를 쥐어주었다.

"액수는 캄분 씨가 알아서 하십시오."

정필은 캄분 집을 나서기 전에 캄분네 전화로 무앙마이의 민효중에게 전화를 걸었다.

"최정필입니다."

"아… 정필 씨."

민효중은 어떻게 자기 전화번호를 알았느냐는 식의 수준 낮은 질문 같은 건 하지 않았다.

"나는 오늘 낮 12시에서 1시 사이에 지난번에 우리가 만났던 장소에 도착하게 될 겁니다. 효중 씨가 사람들을 데리고 나오십시오."

"알겠습니다."

어떤 경로를 통했든지 민효중은 정필이 탈북자 14명을 태국 치앙라이에 데려다놓은 사실을 알고 있을 것이다.

*　　　*　　　*

정필 일행과 캄분이 벤츠 소형 버스에 타려고 하는데 한동안 보이지 않던 캄분 아내 팁랑이 뭔가를 들고 부리나케 뛰어왔다.

그녀는 정필 일행이 무앙마이까지 가는 동안 허기를 메울 수 있는 먹을거리를 만들어서 큼직한 대나무 그릇에 담아 캄분에게 내밀었다.

그러면서 작은 새가 노래하듯 조그만 목소리로 조심하라고 당부했다.

그리고 나서 그녀는 정필에게 두 손을 모아 합장을 하며 뜻밖에 영어로 말했다.

"God bless you(당신에게 신의 가호가 있기를 빌어요)."

캄분에 이어서 김길우가 두 번째로 벤츠 소형 버스를 운전해서 달리다가 약간 큰 목소리로 말했다.

"검문소임다!"

소형 버스 앞쪽에 모여서 쪽잠을 자고 있던 정필과 옥단카, 캄분이 일제히 부스스 깨어났다.

정필이 앞창을 통해서 처다보니까 헤드라이트를 통해서 직선도로로 200m쯤 전방에 검문소가 나타났다.

물론 바리케이트 같은 건 없고 도로 옆에 마치 한국의 원두막 같은 나무로 만든 조그만 간이 건물이 있으며 라오스 군인은 보이지 않았다.

다만 검문소 앞에 세운 기둥 꼭대기에 전구가 하나 켜져서 흐릿한 빛을 뿌리고 있을 뿐이다.

캄분이 부스럭거리면서 조수석 바닥에 놓인 상자에서 술병하나를 꺼내며 설명했다.

"밤에는 거의 검문을 하지 않습니다. 제가 알기로는 지난 몇 년 동안 이 근처에서 한 번도 사건이 없었으니까요. 그저 형식상 검문소가 있는 겁니다."

차를 멈춘 김길우가 운전석에서 나오려 하고, 정필이 품속에서 권총을 꺼내는 걸 본 캄분이 손을 내저었다.

"검문소 조금 못 미쳐서 버스를 세우고 그대로 가만히 계십시오."

끽—

김길우가 캄분 말대로 검문소 10m쯤에 소형 버스를 세우자 캄분이 지푸라기로 꽁꽁 싼 예쁜 무늬의 술병을 들고 차에서 내려 태연하게 검문소로 걸어갔다. 그는 검문에 대비해서 술을 준비했다.

소형 버스가 멈췄는데도 검문소에서는 아무도 나오지 않았다. 아마 지키는 군인이 자고 있는 모양이다.

그래도 정필은 긴장은 풀지 않고 캄분을 지켜보았다.

캄분이 들어가자 곧 검문소 안에 불이 켜졌다. 그리고 그로부터 10분쯤 후에 캄분이 검문소에서 나오는데 3명의 라오스 군인이 따라서 나왔다.

캄분은 헤어지면서 손을 흔들었고 군인들도 웃으면서 손을 흔드는데 그들 중에 한 명의 손에 조금 전에 캄분이 갖고 들어갔던 술병이 쥐어져 있었다. 캄분은 무료한 군인들에게 잠시 위문 공연을 해주었다.

캄분이 소형 버스에 타면서 활기차게 말했다.

"출발하십시오."

캄분이 말하는데 입에서 술 냄새가 났다.

"군인들하고 술 마셨습니다. 그리고 3명에게 10달러씩 줬습니다. 앞으로 매달 10달러씩 주겠다고 제안하니까 좋아서 펄펄 뜁니다."

캄분은 아까 정필이 군인들에게 뇌물로 주라고 했던 600달러 중에 500달러를 내밀었다.

"검문소 2곳에 뇌물로 100달러면 충분할 거 같습니다."

정필이 받지 않으려고 하자 캄분이 말했다.

"이것은 공금입니다. 제가 사업비를 절약했다고 해서 제 돈이 되는 것은 아닙니다."

정필은 미소 지으며 돈을 받았다.

"캄분 씨에게 한 수 배웠습니다."

정필은 캄분이라면 믿고 일을 맡길 수 있을 것 같다는 생각이 들었다.

정필이 운전하다가 동이 트기 전에 캄분과 교대했다.

그가 운전석 뒷자리에 시트를 젖히고 반쯤 누운 자세를 취하자 옥단카가 옆에 와서 안겼다.

정필은 문득 호랑이 발톱에 찍힌 옥단카의 상처가 생각이 나서 파카를 벗겨보았다.

옥단카는 그의 의도를 짐작한 듯 말릴 새도 없이 갑자기 스웨터를 훌렁 벗었다.

브래지어도 하지 않고 정필이 감아준 그대로 붕대가 칭칭 감겨 있는데 붕대가 피에 물들어 있었다.

정필이 붕대를 풀어보니 옥단카의 신통한 약을 발랐는데도 상처가 아물지 않고 아직 벌겋게 부어 있으며 갈라진 곳에서는 묽은 피가 흘러나오고 있다. 아무리 신통한 약이라고 해도 그녀의 상처가 너무 깊었다.

가녀린 쇄골부터 봉긋한 유방 윗부분까지 길게 그어진 상처를 보니까 정필은 마음이 아팠다.

"약 발랐니?"

"약?"

정필이 상처에 약을 뿌리는 시늉을 해보이자 옥단카가 손가락 하나를 세웠다.

한 번 뿌렸다는 뜻이다. 그건 정필이 치료를 해준 것이다. 그 이후로 옥단카는 한 번도 치료를 하지 않았다.

정필은 안 되겠다 싶어서 배낭에서 구급함을 꺼내 흔들리는 차 안에서 상처에 바르는 연고를 옥단카의 상처에 고루 발랐다.

그의 손이 상처에 닿으면 아플 텐데도 옥단카는 눈을 꼭 감고 가만히 있었다.

그 후에 옥단카의 신통한 가루약을 한 번 더 상처에 뿌리고 새 붕대로 잘 감아주었다.

정필이 스웨터를 입혀주고 파카까지 입혀서 지퍼를 올려주자 옥단카는 행복한 미소를 지으며 그의 품에 안겼다.

"고맙다, 준샹."

"터터우, 일어나십시오."

운전을 하던 캄분이 소형 버스를 도로변에 세워놓고서 잠든 정필과 김길우를 깨웠다.

김길우가 정필을 '터터우'라고 부르는 걸 보고는 캄분도 그렇게 불렀다.

"식사합시다."

캄분은 실내등을 켜고 아내 팁랑이 싸준 대나무 그릇에서 바게트 샌드위치와 숟가락을 정필과 옥단카, 김길우에게 하나씩 나누어주었다.

그러고는 넓적한 그릇의 뚜껑을 열었는데 커다란 그릇에는 붉은 색의 볶음밥이 수북하게 담겨 있었다.

"카오팟입니다. 팁랑은 카오팟을 정말 맛있게 만듭니다."

캄분이 아내 팁랑의 요리 솜씨를 자랑하고는 어서 먹어보라고 성화를 했다.

정필은 아무런 기대도 하지 않았다. 라오스 음식은 먹어본 적이 없지만 그의 입맛에는 맞지 않을 것이다.

사실 그는 동남아시아 그중에서도 라오스를 조금 낮게 평가하고 있다.

그는 일단 바게트 샌드위치를 한입 먹어보고는 곧 미소가 절로 지어졌다.

라오스가 프랑스의 지배를 받아서 바게트가 쌀국수와 더불어 가장 흔한 음식이라는 것은 알겠는데, 이 바게트 샌드위치의 맛을 표현하라면 한 마디로 대박이다.

도대체 바게트 안에 뭘 넣었는지 여러 가지 알 수 없는 묘한 맛이 나면서 그것들이 조화를 이루어 아주 풍부한 맛을 연출했다.

캄분은 정필의 맛있어하는 표정을 보고 안심한 듯 미소를 지었다.

"여기 빵에 뭘 넣은 겁니까?"

너무 맛있어서 김길우가 눈을 희번덕이며 묻자 캄분은 바게트 안을 들여다보지도 않고 설명했다.

"햄, 치즈, 오이, 달걀 삶은 것, 토마토, 참치, 돼지고기 볶은 것, 칠리소스, 그리고 마요네즈입니다."

"야아… 모르는 것투성이지만 참말로 맛있슴다, 이거."

신바람이 난 캄분이 아이스박스에서 라오스의 맥주라고 하는 차가운 '라오비어'를 꺼내 뚜껑을 따서 정필부터 한 병씩 돌렸다.

"카오팟도 먹어 보십시오."

배가 고프던 참이라서 정필은 맛있는 바게트 샌드위치 하나를 뚝딱 해치우고, 라오비어를 마시기 전에 숟가락으로 라오스 볶음밥 카오팟을 한 수저 크게 떠서 입에 넣고 천천히 우물거렸다.

"……!"

한순간 정필은 깜짝 놀랐다. 그는 캄분이 싱글벙글 웃고 있는 이유를 알 것 같았다.

카오팟이 일등이고 바게트 샌드위치가 이등이다. 단언하건데 정필은 오늘날까지 카오팟보다 맛있는 볶음밥을 먹어본 기억이 없다.

아니, 이날까지 그가 먹어본 맛있는 요리 중에서 이 카오팟은 맹세코 3위 안에 꼽힐 것이다.

카오팟을 한 수저 떠서 입안에 넣고 씹자 이건 뭐라고 설명할 수 없는 기막힌 풍미가 입안에 가득 퍼졌다. 바게트 샌드위치가 대박이라면, 카오팟은 맛의 미라클, 기적이다.

정필은 캄분의 어깨를 두드렸다.

"캄분 씨, 정말 결혼 잘 했습니다."

"하하! 저도 그렇게 생각합니다."

"부인 이름이 뭡니까?"

"팁랑입니다."

정필이 라오비어를 내밀자 모두 라오비어를 앞으로 내밀어 부딪치며 건배했다.

"팁랑을 위하여!"
"카오팟을 위하여!"

첫 번째 검문소는 농캄에 있었고 두 번째 검문소는 남데강을 가로지르는 남오브리지에 있다.

이틀 전에 정필 일행이 실종된 탈북자들을 추적했을 때에는 남데강을 따라 북상하여 많이 돌아서 갔었다. 그렇지만 이번에 캄분은 보케오에서 동쪽으로 라오스 북부 지역을 거의 직선으로 가로질러서 횡단을 했기 때문에 150㎞ 이상의 거리를 단축할 수 있었다.

정필 일행이 남오브리지 검문소에 이르렀을 즈음에는 늦은 아침인 10시가 조금 넘은 시간이었다.

훤한 아침이기 때문에 정필과 옥단카, 김길우는 앞좌석과 가깝게 앉고 캄분이 운전을 하여 소형 버스를 검문소 앞에 예쁘게 정지시키고 차에서 내렸다.

아까 첫 번째 검문소의 군인들에게는 라오스에서 유명한 술인 '라오라오'를 주고 캄분도 함께 한잔하고 왔었지만 이번에는 라오스 맥주인 차가운 라오비어 3병을 갖고 내렸다.

어깨에 소총을 멘 군인 3명이 검문소 앞에 나와 있다가 캄분을 맞이했다.

"우리는 관광객이고 자기는 이제부터 관광 안내인 겸 사장을 할 거라고 소개하고 있습다."

창문을 열었기 때문에 캄분의 목소리가 차 안까지 들렸고, 그의 말을 옥단카와 김길우가 통역을 했다.

캄분은 군인들에게 신분증 같은 것을 보여주지도 않고 마치 친구처럼 웃으면서 얘기하고 있다.

"앞으로 자주 볼 테니까니 잘 봐달라고 함다. 아! 캄분이 돈을 주고 있습다. 한 달에 한 번 주겠다고 함다. 아마 캄분은 군인들하고 안면이 있는 것 같습다."

두 번째 검문소도 무사통과다. 라오스는 공산국가지만 체제만 그렇다는 것이고 어딜 가나 평화롭기 그지없다. 그렇기 때문에 라오스 국민들은 북한처럼 굶주림 때문에 조국을 탈출하는 일은 없을 것이다.

그런데 차에 타려는 캄분을 따라서 어깨에 소총을 멘 군인 한 명이 차에 올라타고 있다.

캄분이 앞서 소형 버스에 오르면서 정필에게 말했다.

"이 군인은 여기 초소장입니다. 여러분을 한국 관광객이라고 말했더니 관심을 보이는 겁니다."

정필과 김길우, 옥단카는 옷을 그럴 듯하게 입었기 때문에 관광객처럼 보이기도 했다.

초소장이 만약 여권을 보자고 하면 곤란한 상황이 되겠지만 일단 캄분을 믿어보기로 했다.

초소장이 무슨 속셈으로 차에 올라오는 것인지는 모르지만 이 상황에서 정필 등이 할 수 있는 일은 관광객 행세를 하는 것뿐이다.

척!

초소장이 올라와서 소형 버스 안을 한 바퀴 휘이 둘러보고 나서 정필 등을 쳐다보았다.

"사바이디."

김길우와 옥단카가 라오스 군인에게 미소를 지으며 합장을 하면서 라오스 말로 인사했다.

정필은 고개를 끄떡이는 라오스 군인에게 친근하게 오마샤리프 담배 한 개비를 건넸고, 자신도 한 대 물고는 라이터 불을 붙여주었다.

딸깍! 칵!

라오스 군인은 정필이 켜준 고급스러워 보이는 지포라이터를 눈을 빛내며 쳐다보았다.

정필이 지포라이터를 서슴없이 불쑥 내밀자 라오스 군인은 깜짝 놀라는 표정을 지었다.

정필은 지포라이터를 라오스 군인 손에 쥐어주고 절반쯤 남은 담뱃갑까지 그에게 주었다.

캄분이 한국 관광객의 선물이라고 말하자 라오스 군인은 크게 기뻐하며 두 손을 모아 합장을 했다.

"컵차이! 컵차이!"

그때 캄분이 나서며 정필을 가리키면서 뭐라고 말했고, 옥단카를 거쳐서 김길우가 통역해 주었다.

"터터우께서 캄분의 동업자라면서 앞으로 자주 보게 될 거라고 말했습다."

정필은 4만 원짜리 지포라이터와 피다가 만 오마샤리프 담배 절반을 뇌물로 주고 두 번째 검문소도 무사히 통과하여 남오브리지를 건넜다.

정필 일행이 탄 벤츠 소형 버스는 지난번 민효중과 만났던 장소에 11시 40분에 도착했다.

그런데 비포장도로 가에 정필이 전에 보았던 소형 버스가 세워져 있고, 그 옆에서는 민효중이 소형 버스에 등을 기대고 담배를 피우는 모습이 보였다. 낮 12시에서 1시 사이에 만나자고 했는데 벌써 나와 있었다.

정필의 소형 버스는 민효중의 소형 버스 뒤에 바짝 붙여서 멈추었다.

정필 등이 차에서 내리는 것을 보고 민효중이 담배를 발로 비벼서 끄고 다가왔다.

"효중 씨."

"수고했습니다, 정필 씨."

정필과 민효중은 굳은 악수를 했다.

"사람들은 어디에 있습니까?"

민효중의 소형 버스 안에 탈북자들이 타고 있지 않은 것을 확인한 정필이 물었다. 차량들이 빈번하게 왕래하는 도로변에 세워놓은 소형 버스에 탈북자들을 버젓이 앉혀놓을 민효중이 아니다.

민효중은 소형 버스가 서 있는 쪽 숲 속을 턱으로 가리켰다.

"저기 있습니다."

민효중의 태도는 남들이 보기에 상당히 깐깐하고 건방진 것 같지만 정필은 그렇지 않다는 것을 알고 있다.

"잠깐 얘기 좀 합시다."

정필은 김길우와 옥단카, 캄분을 차 근처에 있도록 하고 민효중을 데리고 숲 속으로 들어갔다.

두 사람은 탈북자들이 쉬고 있는 장소에서 뚝 떨어진 곳에 마주 서서 담배를 피웠다.

"효중 씨는 무앙마이에서 무슨 일을 하고 있습니까?"

"위장입니까? 아니면 진짜 일을 말하는 겁니까?"

정필은 담배 연기를 길게 내뿜었다.

"진짜 일입니다."

"정필 씨를 돕는 게 내 일입니다."

"장중환 목사가 효중 씨를 어떻게 압니까?"

민효중은 씨익 웃었다.

"주임님이 알려주었을 겁니다. 그러면 목사님이 정필 씨에게 알려줄 것이고."

정필은 고개를 끄떡였다.

"어디 소속입니까?"

"대공10단입니다."

민효중이 안기부 대공10단 요원일 거라는 정필의 짐작이 맞았다.

"효중 씨를 움직이게 하려면 뭐가 필요합니까?"

"내가 필요합니까?"

"그렇습니다."

민효중은 빙긋 미소 짓고는 피우던 담배 끝으로 마주 선 정필의 가슴을 가리켰다.

"나는 정필 씨 직속 부하입니다."

정필은 조금 어이가 없어졌다. 그는 안기부 대공10단 요원이 돼달라는 안기부장 권영운의 제안을 거절했었다.

"나는……."

"정필 씨가 대공10단 요원이 돼달라는 부장님의 제의를 거절했다는 사실을 알고 있습니다."

민효중은 정필이 할 말을 앞질러서 했다.

"정필 씨 스스로는 대공10단 요원이 아니라고 생각하겠지만, 안기부에서는 정필 씨를 대공10단 요원으로 인정하고 있습니다."

"그런 말도 안 되는……."

"이런 얘길 하려고 날 이리로 부른 겁니까?"

민효중이 주위를 환기시켰다.

정필은 쓴웃음을 지었다. 중요한 건 탈북자들인데 그가 안기부 대공10단 소속이냐, 아니냐가 뭐가 중요한가. 그래도 기분이 찜찜한 건 사실이다.

"새 루트를 만들고 있습니다."

정필은 새 담배에 불을 붙이고 나서 본론을 꺼냈다.

얘기를 끝낸 정필은 민효중과 함께 탈북자들이 은신해 있는 장소로 갔다.

민효중은 정필의 의견에 전적으로 동의했다. 민효중의 표현을 빌리자면 정필이 대공10단의 주임이기 때문에 어떠한 이견도 없이 무조건 복종하는 것이라고 했다. 정필은 자신이 김낙현과 동급이라는 사실을 처음 알게 되었다.

부스럭…….

8명의 탈북자는 숲 속의 공터에 웅크린 채 긴장된 표정으로

모여 있다가 두 사람이 불쑥 나타나자 화들짝 놀라 그쪽을
쳐다보았다.

"아……! 미카엘 님!"

"오라바이!"

우뚝 서서 미소를 짓고 있는 정필을 발견한 탈북자, 아니,
탈북녀들은 비명 같은 외침을 터뜨렸다. 그녀들을 일제히 일
어나서 우르르 정필에게 몰려들었다.

"아저씨!"

철민이가 제일 먼저 뛰어와서 정필에게 안겼다.

정필은 철민을 번쩍 안고는 몰려든 탈북녀들을 한 사람씩
둘러보고 안아주며 시선을 맞추고 눈인사를 나누었다.

그러다가 마지막으로 저만치 풀 위에 앉아 있는 서희를 발
견하고 빙그레 미소 지었다.

"으아앙… 오라바이……."

서희는 골절된 다리에 부목을 했기 때문에 일어서지 못하
고 앉은 채 정필을 바라보며 어린아이처럼 울었다.

정필이 다가가 옆에 앉으며 머리를 쓰다듬자 서희는 그의
품에 안기며 더욱 울었다.

"자, 이제 태국으로 가자."

정필이 철민이를 한 팔로 안고 다른 팔로 서희를 부축해서
일으켰다.

"아… 오라바이, 잠시 볼일 좀……."

그녀가 도와줄 사람을 찾으며 두리번거리자 30대 탈북녀가 웃으면서 짓궂게 말했다.

"서희야, 미카엘 님 오셨으니까니 너는 이자부터 미카엘 님한테 볼일 보게 해달래라."

탈북녀들이 와아! 하고 웃음을 터뜨렸다.

"볼일 볼래?"

"네……."

정필의 물음에 서희는 얼굴을 붉히고 기어드는 목소리로 겨우 대답했다.

사실 절벽에서 추락한 서희를 정필이 구해주고 나서 그녀가 볼일이 급할 때마다 하나에서 열까지 일일이 도와준 사람은 바로 정필이다.

으슥한 곳으로 안고 가야 하고, 바지를 벗겨주었으며, 또 어린아이 오줌, 똥 누이는 것처럼 뒤에서 두 다리를 잡고 들어줘야만 했다.

그럴 때마다 서희는 부끄러워서 죽을 것 같았지만, 그래도 정필이 도와주는 것이 제일 편했다.

정필이 없을 때는 탈북녀들이 도와주었는데 그녀들은 정필처럼 힘이 세지 않은 탓에 서희가 한 번 볼일을 볼 때마다 전쟁을 치렀었다.

정필은 철민이를 내려놓고 서희를 가볍게 번쩍 안고는 숲 속으로 들어갔다가 한참 후에 돌아왔다.

아까 서희를 놀렸던 탈북녀가 짐짓 눈살을 찌푸리면서 정 필에게 농담을 했다.

"미카엘 님, 서희 똥 누었습까? 구리지 않았습까?"

그렇지 않아도 부끄러워서 죽을 것 같은 서희는 정필의 가 슴에 얼굴을 묻고 아무 말도 못 했다.

민효중은 탈북녀들을 태우고 온 소형 버스를 그 자리에 놔 두고 벤츠 소형 버스에 탔다.

나중에 연락을 취하면 그가 몰고 온 소형 버스는 무앙마이 의 다른 사람이 나와서 끌고 갈 것이다.

철민이와 탈북녀 7명을 태운 정필 일행은 다시 소형 버스를 몰고 골든트라이앵글 보케오를 향해 달렸다.

탈북녀들은 자유의 땅 태국으로 가고 있다는 사실, 그리고 세상에서 가장 믿음직한 정필이 자신들을 이끌고 있다는 사 실에 분위기가 한껏 고조되어 마치 소풍이라도 가는 어린아 이들처럼 들떠서 떠들어댔다.

"캄분 씨, 괜찮겠습니까?"

정필이 무얼 묻는 것인지 짐작한 캄분은 손바닥으로 핸들 을 두드렸다.

"걱정 마십시오. 아까 뇌물 줬잖습니까?"

"그걸로 되겠습니까?"

"하하하! 여긴 라오스입니다! 사바이디! 하면 끝납니다!"

캄분의 말이 맞았다.

정필 일행이 탄 벤츠 소형 버스는 첫 번째 검문소인 남오브리지를 무사히 통과했다.

운전석에 앉아 있는 캄분이 차에서 내리지도 않고 검문소 군인들에게 손을 들어보이자 군인들은 환하게 웃으면서 그냥 통과하라고 손짓을 했다.

초소장은 정필이 준 지포라이터로 오마샤리프에 불을 붙이면서 미소를 지었다.

그 덕분에 소형 버스는 속도를 약간 줄였다가 멈추지 않고 먼지를 일으키며 속도를 높였다.

맨 앞자리에는 김길우가 앉았으며, 그 뒤에 정필이 철민을 안고 서희와 앉았고, 통로 건너편에 민효중이 앉았다.

민효중이 통로 쪽에 앉은 정필을 보면서 감탄했다.

"대단합니다."

"운이 좋아서 저 친구를 만났습니다."

정필이 캄분을 가리키며 말하자 민효중이 손을 저었다.

"운이 좋은 게 아니고 정필 씨의 탁월한 수완입니다. 본부에서 어째서 정필 씨를 중요한 사람으로 보고 있는지 이제 조금 알겠습니다."

칭찬에 익숙하지 않은 정필은 빙그레 웃기만 했다.

1월 26일, 밤 11시.

태국 치앙라이 타완림콩 레스토랑에 정필과 8명의 탈북자가 도착했다.

타완림콩은 1층이 레스토랑이고 2, 3층이 호텔이며 욕실이 딸린 객실 9개가 있다.

늦은 시간에 도착했지만 한스 부부와 딸 커플은 서둘러 요리를 만들어 탈북자들을 먹이고 객실에서 쉴 수 있도록 최대한 배려를 했다.

한스 부부와 정필 일행이 타완림콩의 테라스 테이블에 둘러앉은 시간은 새벽 1시가 넘어서다.

정필은 한스 부부에게 민효중을 소개하고 앞으로 그가 이 일을 담당하게 될 거라고 설명했다.

"그럼 이제 미스터 정필을 다시는 보지 못하는 겁니까?"

한스가 아쉽다는 듯 말했다.

민효중이 유창한 영어로 정필 대신 대답했다.

"그렇지 않습니다. 그는 가끔 올 겁니다."

정필이 진심 어린 표정으로 말했다.

"한스 씨를 만난 것은 행운입니다."

한스 부부는 똑같이 손을 내저었다.

"천만에요. 이렇게 좋은 일을 할 수 있게 되어 오히려 정필 씨에게 감사드립니다."

정필은 곤히 잠든 철민이를 깨워서 1층으로 안고 내려왔다.

"철민아, 엄마한테 전화하자."

잠에서 덜 깬 철민이는 눈을 비볐다.

"아매 말임까?"

철민이는 올해 6살인데도 정필에게 꼬박꼬박 존대를 했다.

"그래, 아매가 너하고 얘기하고 싶단다."

"아… 아매 어디 있슴까?"

정필은 바텐의 높은 의자에 철민이를 앉혀놓고 연길로 전화를 걸었다.

조금 떨어진 곳에서 김길우와 옥단카, 민효중, 캄분, 그리고 한스 부부와 딸 커플이 지켜보고 있다.

뚜르르르…….

신호가 3번 울렸을 때 소영의 떨리는 목소리가 전화선을 타고 전해졌다.

"정필 씨임까?"

정필은 수화기를 철민이의 귀에 대주면서 미소 지었다.

"철민아, 아매다. 얘기해라."

한 번도 전화 통화를 해본 적이 없는 철민이는 어리둥절한 표정으로 가만히 있었다.

정필은 철민이가 두 손으로 수화기를 잡고 귀와 입에 잘 대도록 해주었다.

"철민아, 아매, 그래 봐라."

"아매."

철민이는 정필이 하라는 대로 작은 목소리로 말했다.

"철민아!"

수화기에서 소영의 발작하는 것 같은 외침이 터졌다. 얼마나 큰 소리였는지 옆에 서 있는 정필에게도 똑똑하게 들렸다.

철민이는 갑작스러운 소영의 외침에 깜짝 놀라 귀에서 수화기를 떼고 정필을 바라보았다.

"철민아, 아매니까 놀라지 말고 얘기해라. 거기에서 들리는 목소리가 바로 아매다."

"철민아! 으흐흑……! 너 철민이니? 우리 아들 철민이가 맞니야? 어흐흑!"

"아… 아매……."

놀란 철민이가 수화기를 붙잡고 또 정필을 쳐다보았다.

"아저씨, 여기서 아매가 웁니다."

본능적으로 무엇을 느꼈는지 철민이도 울기 시작했다.

"철민아… 너 아매 모르겠니? 우리 철민이……."

"아매… 으앙! 아매야… 엉엉!"

지금의 상황을 민효중이 한스 부부에게 설명했고, 한스 부인과 딸은 깜짝 놀라더니 갑자기 와락 울음을 터뜨리며 남편과 연인에게 안겼다.

김길우는 철민이가 전화를 받기 전부터 울고 있었고, 지금까지의 상황을 다 알고 있는 옥단카는 두 눈에 눈물을 글썽이며 철민이를 바라보았다.

다시 보트를 타고 라오스 보케오로 돌아갈 때 캄분이 배 위에서 정필에게 말했다.

"짐작은 했었지만… 터터우께서 이렇게 훌륭한 일을 하시는 줄은 몰랐습니다……!"

캄분은 북한의 현실에 대해서 조금씩 알아가고 있었다. 그는 아까 철민이가 중국 연길에 있는 엄마 소영하고 전화 통화를 하는 광경을 보고 감동해서 많이 울었다.

그는 두 손을 모아 합장을 하고 고개를 숙였다.

"터터우, 저는 오랫동안 이 일을 하고 싶습니다."

정필은 캄분이 돈 때문에 이러는 것이 아니라는 사실을 잘 알고 있었다.

정필 일행이 캄분의 집에 들어서자 캄분의 아내 팁랑이 반갑게 맞아주었다.

정필은 팁랑에게 미소 지으며 말했다.

"부인, 어제 먹으려던 것을 주십시오."

영어가 유창한 팁랑이 재치 있게 받아넘겼다.

"어젯밤의 그 핸섬 가이는 오지 않으셨나요?"

"아… 그게……."

멋들어진 조크에 대답이 궁해진 정필이 뒤통수를 긁적이자 팁랑이 살짝 미소 지으며 깔끔하게 마무리했다.

"핸섬 가이 대신 아도니스가 오셨네요. 저는 핸섬 가이보다 아도니스를 더 좋아합니다."

영어권에서 '아도니스'는 '미청년'이라는 뜻으로 통한다.

새벽에 시작된 술자리에는 정필을 비롯하여 좌청룡 우백호인 김길우와 옥단카, 그리고 캄분 부부와 민효중이 2층 테라스 테이블에 둘러앉았다.

캄분이 민효중을 가리키며 영어로 물었다.

"이분이 새로운 까삐딴(캡틴)입니까?"

민효중은 벙긋 미소를 지으며 정필을 가리켰다.

"나는 정필 씨의 부하입니다. 그러니까 캄분 씨와 나는 똑

같은 입장입니다."

정필이 정리를 해주었다.

"캄분 씨는 관광업을 맡고 효중 씨는 탈북자들을 담당하십시오. 그리고 표면적으로는 두 분이 이곳에서 동업을 하는 것으로 합시다."

"알겠습니다."

"이 일은 비밀을 지키는 것이 최우선입니다."

정필은 누구라고 할 것도 없이 캄분 부부를 보면서 정색으로 당부했다.

김길우나 옥단카, 민효중에게서 비밀이 새나갈 일이 없기 때문이다.

만에 하나 비밀이 새나간다면 그건 캄분 부부에게서일 가능성이 가장 크다고 할 수 있다.

팁랑은 다소곳이 앉아서 침묵을 지켰고, 캄분이 합장을 하며 짧게 말했다.

"지켜봐 주십시오."

그로서는 그 말이 최선일 것이다.

"효중 씨는 태국행이 가능합니까?"

"나는 태국과 라오스, 캄보디아, 베트남 4개국에 사업 비자를 갖고 있습니다."

정필은 민효중이 용의주도한 안기부 요원이라는 사실을 새

삼스럽게 실감했다.

"정필 씨도 태국에선 활동이 자유로울 겁니다."

민효중의 뜬금없는 말에 정필은 의아한 표정을 지었다.

"무슨 뜻입니까?"

"한국하고 태국은 1981년에 비자면제협정을 맺었기 때문에 여권만 지니고 있으면 태국 내에서 최장 90일까지 체류가 가능합니다."

"그렇습니까?"

정필은 몰랐던 사실을 알게 되어 적잖이 놀랐다.

"정필 씨가 오늘밤에 태국으로 넘어갔다가 라오스 국경 검문소에서 입국 신청을 하면 15일 동안 자유롭게 여행할 수 있는 비자를 받을 수 있습니다."

"허어……."

"태국에서 라오스 출입국 사무소에 사업 비자 신청을 하면 최장 90일 동안 라오스에 체류할 수 있습니다."

이래서 모르면 손발이 고생한다는 옛말이 있는 것이다.

"국경 검문소라는 것은 어디에 있습니까?"

정필이 한 질문을 민효중이 캄분에게 영어로 물었더니 그는 손을 뻗어 메콩강 쪽을 가리켰다.

"보케오 반파크른에도 국경 검문소가 있습니다."

"그렇습니까?"

이건 점입가경(漸入佳境)이다. 정필은 복권에 당첨된 것 같은 기분이 들었다.

"어떻게 하면 됩니까?"

"태국 치앙라이에서 배를 타고 라오스 보케오 반파크른으로 건너와서 반파크른 국경 검문소에서 라오스 입국 신청을 하면 비자를 내줍니다."

"하아… 그렇게 간단한 것을……."

정필은 왠지 맥이 빠졌다. 이런 방법이 있다는 것을 모르고 그는 태국에 들어갈 때마다 불법 입국이라는 생각에 조심을 기했었다.

그는 목이 타는지 라오비어 한 컵을 숨도 쉬지 않고 벌컥벌컥 마셨다.

"이러면 계획을 조금 수정해야겠습니다."

민효중이 빙긋 미소 지었다.

"그래야 할 겁니다."

그날 새벽 동이 트기 전에 정필은 민효중, 캄분과 함께 메콩강을 건너 태국 치앙라이로 넘어갔다.

타완림콩 객실에서 서너 시간 눈을 붙인 세 사람은 아침 9시에 거리로 나섰다.

결격사유가 없는 민효중과 캄분은 치앙라이 시내를 자유롭게 활보하고 정필은 그들과 함께 10분 정도 걷다가 어느 식당으로 들어갔다.

식당에는 평소 캄분과 친분이 있는 깔끔한 차림의 태국 사내 한 명이 혼자 차를 마시면서 기다리고 있다가 손을 들면서 일어나 캄분과 반갑게 손을 잡고 인사를 나누었다.

태국 사내는 치앙라이의 출입국 사무소 직원이라고 하는데 출근하자마자 캄분의 전화를 받고 나왔다. 캄분은 의외로 발이 넓은 편이었다.

일행은 대충 식사를 주문하고 본론으로 들어갔다.

캄분이 정필을 가리키면서 태국 사내에게 정필의 여권에 태국 입국을 확인하는 스탬프를 받아달라고 부탁하자 태국 사내는 문제없다고 고개를 끄떡이며 정필에게 여권을 받아서 챙겼다.

"수수료는 얼마나 주면 되겠습니까?"

캄분이 태국 사내에게 넌지시 물었다. 태국인과 라오스인은 서로 의사소통을 하는 데 전혀 문제가 없다.

태국어와 라오스어는 거의 비슷한데다 라오스인들이 태국 라디오방송과 TV 방송을 듣고 보기 때문에 라오스인들의 말이 많이 태국화된 덕분이다.

태국 사내가 손가락 다섯 개를 활짝 펼쳐 보이며 상냥하게 미소 지었다.

"500달러."

"미스터 링, 너무 비쌉니다."

태국 사내 링은 여전히 상냥한 웃음을 지었다.

"나는 강요하지 않습니다."

연봉이 240달러였던 캄분에게 500달러는 엄청난 거액이지만 연봉 3,000달러를 받는 태국 사내 링에겐 그 정도의 거액은 아니다.

민효중이 정필에게 고개를 끄떡였다.

"정필 씨, 주십시오."

정필이 100달러 지폐 5장을 세어서 내밀고 링이 그것을 받으려고 하는데 민효중이 유창한 태국어로 지나가는 말처럼 중얼거렸다.

"창 선생은 잘 계십니까?"

돈을 받으려던 링의 손이 뚝 멈추더니 의아한 얼굴로 민효중을 쳐다보았다.

"어떤 창 선생을 말하는 겁니까?"

민효중을 껄껄 웃었다.

"하하하! 외무부에 창 선생이 팟사곤 선생 외에 누가 있겠습니까?"

"아……."

링은 화들짝 놀라더니 돈을 받으려던 손을 재빨리 움츠리고는 아기가 경기를 하는 듯한 얼굴로 민효중을 쳐다보았다.
얼마나 놀랐는지 그의 목소리가 가늘게 떨렸다.

"차… 창 선생을 어떻게 압니까?"

민효중의 미소가 짙어졌다.

"나하고 창 선생은 오랜 친구입니다."

"그… 렇습니까?"

링은 거의 일어나서 굽실거렸다.

"실례지만 누구십니까?"

"창 선생에게 전화로 확인할 거라면 쏨이 안부를 묻더라고
전해주십시오."

"아… 알겠습니다."

민효중은 테이블에 놓인 500달러를 집어서 링의 손에 친절
하게 쥐어주었다.

"이건 넣으십시오."

"아… 아닙니다. 제가 창 선생의 친구분에게 어떻게 감히
돈을… 큰일납니다."

"이건 창 선생에게 비밀로 하겠습니다. 넣어두세요."

링은 반신반의하다가 쏜살같이 밖으로 사라졌다.

주문한 음식이 나와서 일행은 식사를 시작하는데 정필이
궁금한 듯 물었다.

"잘 된 겁니까?"

캄분이 민효중의 활약을 손짓 발짓을 해가면서 설명했다.

정필은 당연히 창 선생이 누군지 궁금해졌다.

"창 선생이 누굽니까?"

"태국 외무부 고위 관리입니다. 우리 과장님하고 아주 친한 사이입니다."

'과장'이라고 하면 회사의 '과장' 같지만 사실 안기부 '과장'을 말하는 것이다.

"그런데……."

정필이 애매한 표정을 지었다.

"아까 출입국 사무소 직원은 '링'이라고 하고, 외무부 고위 관리는 '창', 효중 씨는 '쏨'이라고 했는데 그게 다 뭡니까? 이름 같지는 않고."

민효중이 빙그레 미소 지었다.

"별명입니다, 닉네임."

"외무부 고위 관리도 닉네임으로 부릅니까? 더구나 그 닉네임을 시골구석의 말단 직원도 다 알고."

"하하! 태국 사람들은 보통 2개의 이름을 갖고 있습니다. 풀 네임과 닉네임이지요. 그런데 태국에서는 풀 네임보다는 닉네임이 훨씬 더 많이 사용됩니다."

정필로서는 잘 이해가 되지 않았다. 말하자면 본명보다는 별명이 더 많이 사용된다는 뜻이 아닌가. 한국이라면 턱도 없는 일이다.

"서류 작성을 할 때나 공식적인 업무를 제외하곤 거의 닉네임을 사용합니다. 처음 만난 사람끼리 인사를 할 때에도 닉네임부터 가르쳐 줍니다. 그래서 몇 년이 지나도 상대의 풀 네임을 모르는 경우가 허다합니다."

"링, 그리고 창과 쏨은 무슨 뜻입니까?"

민효중이 벌쭉 웃었다.

"링은 원숭이, 창은 코끼리, 쏨은 오렌지입니다."

출입국 사무소 사내는 원숭이를 닮은 얼굴이라서 링이라는 별명이 잘 어울렸다. 창 선생은 보지 않아도 어떻게 생겼을지 짐작이 갔지만, 민효중이 쏨 오렌지라는 건 이해가 좀 되지 않았다.

"내가 좀 새콤합니다."

민효중이 정필의 궁금증을 아는 듯 머쓱하게 설명했다.

정필은 가볍게 고개를 끄떡이고 식사를 하면서 이미 다른 생각을 하기 시작했다.

민효중이 링에게 500달러를 주면서 창 선생 얘기를 꺼낸 것은 제대로 일을 하라는 주문이었다.

치앙라이 출입국 사무소 직원 링이 정필 일행의 식사가 끝나기도 전에 돌아왔다.

"여기 있습니다."

링은 사리에 앉지도 않고 공손히 여권을 내밀었다.

정필이 받아서 펼쳐보니까 태국 입국 스탬프는 물론이고 라오스 국경 검문소의 스탬프도 찍혀 있었다.

정필이 잘 살펴보니까 사업 비자다. 이거면 라오스에서 90일까지 체류가 가능하다.

"제가 라오스 국경 검문소에 직접 가서 촘푸 선생의 입국 스탬프를 받아왔습니다."

링이 영어로 하는 말을 정필도 알아들었다.

"촘푸가 누굽니까?"

링이 정필을 가리켰다.

"선생입니다."

"내가 왜 촘푸입니까?"

"선생이 촘푸 같다는 생각이 들었습니다."

정필이 민효중에게 물었다.

"촘푸가 무슨 뜻입니까?"

민효중은 빙그레 미소 지었다.

"촘푸는 태국의 열대 과일인데 대단히 존경하거나 뛰어난 사람에게 헌상하는 닉네임입니다. 지금부터 정필 씨의 태국에서의 닉네임은 촘푸가 된 겁니다."

민효중이 먼저 일어섰다.

"갑시다. 촘푸 선생."

민효중의 농담에 정필이 화답했다.

"그럽시다, 오렌지 선생."

제47장
707특임대

정필과 민효중, 캄분은 치앙라이에서 정기 페리선을 타고 보케오로 건너가 당당하게 라오스 반파크른 국경 검문소를 통과했다. 통과할 때 링이 준 여권을 제시했더니 아무 문제가 없었다.

정필이 반파크른에서 메콩강 하류로 6㎞ 거리인 통펑 캄분의 집에 도착하자 팁랑이 방콕에서 전화가 왔는데 어떤 남자가 정필을 찾더라는 말을 해주었다.

정필은 일행과 함께 자신들의 아지트가 돼버린 2층으로 올라가 테라스로 향했다.

"점심 식사를 준비할까요?"

태국 치앙라이에 한 바퀴 나들이를 하고 오니까 벌써 점심
시간이 되어 팁랑이 수줍은 듯 물었다.

정필이 정중한 미소를 지으며 부탁했다.

"카오팟 되겠습니까?"

그는 환상의 라오스 볶음밥을 한 번 더 맛보고 싶어졌다.

팁랑은 수줍어하면서도 미소를 잃지 않았다.

"아도니스, 카오팟 접수했어요. 다른 분들은요?"

정필 일행이 점심 식사를 기다리면서 2층 테라스에서 라오
비어를 마시고 있을 때, 정필에게 전화가 왔다는 팁랑의 외침
이 아래층에서 들려왔다.

캄분이 전화를 2층으로 돌려 달라고 외치고는 무선전화기
를 정필에게 공손히 건네주었다.

─도착했다.

고재영이 방콕 돈므앙국제공항에 도착하자마자 전화를 한
모양이다.

"단결."

정필은 여러 사람과 같이 있기 때문에 앉은 자리에서 입으
로만 구호를 했다.

─이제 어떻게 하나?

"대사관으로 가서 박주형 참사관을……."

—네가 그 사람 만나라고 했잖냐? 만나서 받을 것 받고, 달 거 달고 다 했다.

"그러셨습니까?"

고재영이 공항에서 전화한 줄 알았는데 이미 방콕 시내로 들어가 대사관 박주형 참사관을 만났다고 한다.

행동 하나는 정말 빠르다. 707특임대가 괜히 최강이 아니다.

"팀장님 혼잡니까?"

—동수하고 둘이다.

정필은 반색했다.

"동수 형도 왔습니까?"

김동수 중사는 같은 팀원으로 정필보다 세 달 먼저 전역했는데 나중에 알고 보니까 전역 후에 벼락치기로 결혼까지 했다는 것이다. 군대 시절에 정필은 누구보다도 김동수하고 아삼육이었다.

—동수 마누라도 같이 왔다.

고재영이 못마땅한 듯 투덜거렸다.

—동수는 신혼여행 온 기분이더라.

과연 동수 형답다는 생각에 정필은 미소가 절로 났다.

"박주형 씨가 안가(安家) 얘기도 했습니까?"

—그래. 그런데 그 사람이 소개해 준 안가 말이야, 가격이 무려 25만 달러나 한단다. 그런데 그 사람이 돈은 안 주던데, 그거 어떻게 하냐? 우리더러 사라는 거냐?

"선희가 돈 주지 않았습니까?"

—선희가 무슨 돈을 줘? 여기 오는 비행기 표도 나하고 동수가 적금 깨서 겨우 왔다. 지금 우린 빈털터리라서 한국에 갈 차비도 없다.

정필은 절로 실소가 나왔다. 그가 어제 선희에게 전화해서 고재영에게 달러를 충분히 주라고 얘기했었는데 말을 듣지 않았다.

정필은 선희가 무슨 이유로 그랬는지 짐작할 수 있을 것 같았다.

돈을 자기가 손에 쥐고 고재영을 한 번 길들여 보겠다는 심보인 것 같았다.

그렇지만 먼 길을 떠나는 고재영에게 철두철미한 선희가 한 푼도 주지 않았을 리가 없다.

"팀장님, 잘 생각해 보십시오. 선희가 팀장님께 뭘 따로 준 것 없습니까?"

—그런 거 없었다. 비행기에서 읽어보라고 쓸데없는 연애편지 한 통 준 거 말고는.

"편지 읽어보셨습니까?"

─내가 그렇게 한가한 줄 아냐?

"지금 읽어보십시오."

─너…….

"어서 읽어보십시오."

─음, 알았다.

부스럭거리는 소리가 나더니 잠시 후에 고재영이 나직한 탄성을 터뜨렸다.

─어! 편지 사이에 카드가 하나 들었다. 어… 그러니까 씨티은행 현금 체크 카드라고 돼있다.

정필은 과연 선희다운 꼼수라는 생각이 들어 빙그레 미소를 지었다.

"그걸로 결제하십시오."

─여기에 얼마나 들어 있는 거냐?

"팀장님 쓰실 만큼 충분할 겁니다."

─안가 25만 달러도 결제할 수 있는 거냐?

"그 카드로 안가 한 채는 더 살 수 있을 겁니다."

─그래?

고재영은 홀린 듯한 기분일 것이다.

─하여튼… 알았다.

"그러고 나서 말씀드린 버스를 몰고 이리로 오십시오. 여기는 태국 치앙라이입니다. 도착하서서 전화하십시오. 그럼 여기 전화번호 불러드리겠습니다."

정필은 고재영을 기다리는 동안 캄분, 민효중과 함께 보케오에 자신의 이름으로 외국인 사업자 등록을 하고 사업 신청서를 제출했다. 동업자는 물론 캄분이다.

첨부한 사업 계획서에는 보케오에 소규모 호텔을 짓고 골든 트라이앵글과 메콩강, 그리고 라오스 북부 지역 투어를 위해서 각종 차량과 보트를 들여오겠다고 기입했다.

그렇게 해서 총 투자 금액은 3백만 달러로 잡았다. 호텔 건설에 가장 많은 돈이 투자될 계획이다.

그런데 정필의 사업 계획서를 접수한 관리가 소스라치게 놀라서 서류를 들고 어디론가 뛰어가더니 잠시 후에 누군가를 데리고 나왔다.

새로 나타난 사람은 45세 정도의 나이에 라오스인으로서는 드물게 안경을 끼고 있었다.

그는 자신을 반파크른의 책임자라고 소개했다.

라오스는 전체 16개의 주(州)로 이루어져 있으며 '주'의 정식 명칭으로는 '쾅(Khoueng)'이라 부르고 보케오는 16개 주 중에 하나다.

'주' 아래에는 '군(郡)'이 있으며 '무앙(Muang)', 그 아래 최소 단위는 '면(面)'으로 '반(Baan)'이 있다.

정필과 캄분이 사업자 등록을 하러 온 곳은 치앙라이와 마수하고 있는 보케오주 반파크른 면사무소이고, 안경을 쓴 사람은 면장인 셈이다.

반파크른 면장은 정필과 캄분에게 사업 계획서의 내용이 확실하냐고 몇 번이나 물었다.

정필과 캄분이 그렇다고 대답하니까 면장은 이렇게 큰 규모의 사업 계획 등록은 일개 면사무소에서는 할 수가 없으며 보케오주의 주도인 후아이사이에 있는 보케오 주청사에 가야 한다는 것이다.

그러면서 면장은 자신이 같이 가주겠다면서 밖으로 안내하더니 낡은 일제 승용차 뒷문을 손수 열어주고는 자신은 운전석에 타서 운전을 했다.

일이 예상하지 못할 정도로 커져 버렸다.

반파크른에서 후아이사이까지는 60㎞ 남짓의 거리이며, 2시간 후에 정필과 캄분은 놀랍게도 후아이사이 주청사 3층에서 보케오 주지사와 마주 앉아 있었다.

정필은 단지 탈북자들을 위해서 보케오에 호텔을 짓고 관광사업을 하겠다는 것이었는데 그것이 이처럼 큰 반향을 불러올 줄은 예상하지 못했다.

자신의 이름을 분후앙이라고 소개한 보케오 주지사는 라

오스 건국 이래 보케오주에 이처럼 막대한 투자를 계획한 외국인이 한 명도 없었다면서 정필을 극진하게 귀빈으로 접대했다.

3백만 달러면 한화로 25억 원쯤 되는데, 보케오주가 라오스에서 서북단 변방 오지이다 보니까 정필의 25억 원 투자에 주지사가 쌍수를 들어 환영하는 것이 그리 이상한 일은 아니다.

분후앙 보케오 주지사와의 면담 이후 정필의 대 보케오 투자 금액은 7백만 달러로 배 이상 늘어났다.

분후앙 주지사는 대화 중에 정필이 대단한 재력가라는 사실을 간파하고는 보케오주에 호텔을 더 지어줄 것과 계획한 것보다 더 규모가 큰 관광사업을 해달라고 요청했으며 정필이 흔쾌히 수락했기 때문이다.

그래서 정필은 골든트라이앵글 반파크른과 보케오주의 주도 후아이사이, 그리고 캄분의 집이 있는 펑퉁에 각각 하나씩 3개의 호텔을 짓기로 약속했다.

그리고 골든트라이앵글에서 라오스 최대의 관광지인 루앙프라방까지 메콩강 보트 투어를 할 수 있도록 큰 규모의 보트들을 들여오겠다고 했다.

분후앙 주지사는 정필과 캄분에게 최대한의 편의를 제공하는 것은 물론이고, 정필의 사업에 사용되는 모든 차량에 관용 차량 번호판을 부여하겠다고 약속했다.

관용 차량 번호판을 부착한 차량이 라오스 전역 어느 검문소든지 무사통과할 수 있는 것은 기본 상식이다.

분후앙 주지사는 자신의 주지사 전용차를 내주고 운전기사에게 정필과 캄분을 정중히 모시라고 지시했다.

주지사 전용차는 1986년에 생산된 일제 도요타 캠리 2세대 보델인 V20이었다.

"이게 뭡니까?"

승용차 뒷자리에 나란히 앉은 정필이 캄분에게 신분증을 내보이면서 물어보았다.

캄분은 정필하고 똑같은 자신의 신분증을 들어 보이며 싱글벙글 미소를 감추지 못했다.

"특별 외교 신분증입니다. 아까 제가 듣기로는 이 신분증을 보여주면 한 군데를 제외하곤 라오스 국내에서 어디든지 갈 수 있다는 겁니다."

"가지 못하는 한 군데는 어딥니까?"

캄분은 빙그레 웃었다.

"여자 화장실이랍니다."

"거긴 갈 일 없습니다."

보케오 분후앙 주지사는 정필과 캄분에게 특별 외교 신분

중까지 내주었다.

즉석에서 두 사람의 사진을 찍고 현상을 해오라고 재촉하여 만들어주었다.

주지사가 정필의 보케오 투자 계획에 얼마나 지대한 관심을 갖고 있는지 잘 보여주는 대목이다.

＊　　　＊　　　＊

1월 28일 아침 10시쯤에 고재영에게서 캄분의 집으로 전화가 왔다. 2시간 후에 치앙라이에 도착한다는 것이다.

펑통 캄분의 집에서 잔 정필과 민효중은 캄분이 운전하는 그의 트럭을 타고 반파크른으로 가서 정식으로 배를 타고 메콩강을 건너 치앙라이로 들어갔다.

배를 내린 선착장에서 타완림콩 레스토랑까지는 600m 거리라서 두 사람은 시내를 천천히 걸었다.

"베트남과 라오스를 지나는 루트를 이용하는 탈북자가 얼마나 됩니까?"

정필의 물음에 민효중은 잠시 생각하다가 대답했다.

"현재로선 매월 평균 30명 선입니다. 태국 경찰서에 난민 신청을 하는 탈북자 기준입니다."

탈북자가 태국에 난민 신청을 하지 않고서는 대한민국으로 갈 수 없으니까 정확한 수일 것이다.

"그들 중에서 몇 명이나 우리 손을 거칠 것 같습니까?"

"아마 제로일 겁니다."

정필의 얼굴이 어두워졌다.

"그렇습니까?"

"처음부터 우리가 인솔해서 데리고 오는 탈북자들이 전부일 겁니다. 탈북자들이 개별적으로 브로커를 사서 우리가 모르는 루트를 통해서 태국으로 가는 것까지 찾아낼 방법이 없습니다."

"음."

"탈북자들에게 우리 루트를 이용해 달라고 홍보를 할 수도 없습니다. 많은 탈북자가 우리 루트에 대해서 알게 된다면 중국 공안이나 북한 보위부도 알게 될 겁니다. 그렇게 되면 이 루트를 철수해야 합니다."

민효중은 손가락 하나를 세웠다.

"이걸 잊지 마십시오. 라오스는 공산국가이고 대한민국보다는 북한과 더 밀접한 관계입니다."

"알겠습니다."

정필은 타완림콩 레스토랑에 투숙해 있는 탈북자들에게 떠날 준비를 시켰다.

별다른 짐이 없는 탈북자들은 이를 닦고 세수를 하거나 대소변을 보는 정도가 준비라면 준비다.

이곳에는 다른 투숙객들도 여러 명 있기 때문에 탈북자들은 수선스럽게 돌아다니지 않고 각자의 방에서 조용히 떠날 준비를 하고 있었다.

고재영과 김동수가 도착하면 그들이 몰고 온 버스에 탈북자들을 태우고 이번에는 민효중이 운전하여 방콕의 안가로 갈 것이다.

만약 정필이 고재영을 시켜서 안가를 매입하지 않았으면 탈북자들은 대한민국행이 결정될 때까지 방콕경찰서 유치장에서 생활해야만 한다.

정필은 탈북자들이 있는 객실을 일일이 돌아다니면서 작별 인사를 나누었다.

그는 탈북자들 중에서 가장 연장자인 평양과학기술대학 교수 현지명의 객실을 찾았다.

"교수님, 늦어도 오늘밤 자정까지는 방콕 안가에 도착하실 겁니다."

타완림콩에 머물면서 좋은 치료를 충분히 받은 현지명은 바위에 찍힌 뒤통수 상처가 거의 아물어가고 있다.

"정필 씨의 피나는 희생 덕분에 많은 북조선 사람이 지옥에서 빠져나와 자유와 행복을 찾고 있소. 우리는 죽을 때까지,

아니, 죽어서 영혼만 남더라도 정필 씨 은혜를 절대로 잊지 않 겠소."

현지명은 정필의 두 손을 꼭 잡고 진심 어린 표정으로 거듭 감사를 표했다.

"대사관에 교수님에 대해서 따로 말해놨으니까 대한민국에 입국하여 안기부 조사와 교육을 마치고 나면 교수님 전공 쪽 으로 일이 풀릴 겁니다."

"알겠소."

현지명의 딸 영지는 정필이 이 객실에 들어설 때부터 울기 시작하더니 눈물을 그치지 않았다.

"영지야, 왜 우는 거니?"

정필은 동갑내기 영지와 친구가 되기로 했었다.

"정필이 한 번만 안아보고 싶어."

정필이 미소 지으며 두 팔을 벌리자 영지는 흐느끼며 그의 품에 안겨서 두 팔로 허리를 꼭 끌어안았다.

정필은 영지의 등을 부드럽게 쓰다듬었다.

"안기부에서 누굴 만나라는 것 다 기억하고 있지?"

"그래."

정필은 영지에게 안기부에서 교육을 받고 있는 은주와 향 숙을 꼭 만나라고 말해주었다.

정필이 선희와 향숙을 통해서 대한민국에 탈북자들의 기반을 마련해 두었기 때문이다.

그렇지만 영지는 지금 전혀 다른 생각을 하고 있다.

어째서 자신은 정필 같은 훌륭하고 멋진 남자를 만나지 못했던 것인가.

할 수만 있다면 대한민국에서 정필과 열렬한 사랑에 빠지고 그리고 그와 결혼하고 싶다. 그렇게 할 수만 있다면 어떠한 희생을 치르더라도 상관이 없다.

하지만 영지는 자신의 처지를 잘 알고 있었다. 그녀는 이미 결혼을 했으며, 아들이 있는 데다 북한에 남편을 놔두고 탈북까지 한 처지다.

그러므로 절대로 정필하고는 이어질 수가 없을 것이다,라는 정필을 만난 거의 대부분의 여자가 가슴속에 뜨겁게 품었다가 끝내는 버려야만 했던 열망의 과정을 영지도 지금 이 순간 가슴 시리도록 겪고 있었다.

그러고는 '도대체 이 훌륭한 남자의 사랑을 받는 여자는 과연 누굴까?' 하는 부러움을 열망이 사라진 가슴속에 새롭게 품어야만 했다.

서희는 철민이와 철민이의 큰엄마하고 같은 객실을 사용하고 있었다.

그런데 서희는 영지하고는 생각이 전혀 달랐다.

그녀는 북한에서 결혼도 하지 않았으며, 이제 겨우 20살 파릇파릇한 청춘이고, 북한 최고의 미인들만으로 구성된 왕재산 경음악단의 가수였다.

그리고 더욱 중요한 것은 서희가 이미 정필을 열렬히 사랑하게 되어서 그것 외에는 아무것도 생각할 수 없는 상황이 됐다는 사실이다.

그래서 그녀는 무슨 일이 있어도 기필코 그의 여자가 되고 말겠다는 결심을 마음에 품었다.

그런 것은 꿈에도 모르는 정필이 침대에 걸터앉아 있는 서희 옆에 앉아서 머리를 쓰다듬자 그녀는 지금껏 가슴속에 꾹꾹 눌러두었던 말을 용기를 내서 했다.

"오라바이는 언제까지 이 일을 하실 겁니까?"

"글세… 나도 모르겠다."

"어쨌든 올해 동안은 계속 하실 거 아닙니까?"

"그래. 앞으로 몇 년 동안은 계속할 거 같다."

서희는 힘 있게 고개를 끄떡였다.

"알겠습니다. 그럼 저는 안기부에서 나오면 곧장 오라바이한테 가겠습니다."

"뭐어?"

정필은 놀라서 서희의 머리를 쓰다듬던 손을 내리고 그녀를 쳐다보았다.

"왜 나한테 오겠다는 거니?"

서희는 정필의 눈을 피하지 않고 똑바로 마주 바라보면서 당돌하게 대답했다.

"내래 오라바이를 사랑하니까 만나러 가겠다는 겁니다."

"어……."

정필뿐만 아니라 철민이의 큰엄마가 놀라서 쳐다봤지만 서희는 끄떡도 하지 않고 할 말을 다했다.

"어떤 방법으로든지, 어떤 형태로든지 저는 오라바이 옆에 그림자처럼 붙어 있으면서 반드시 오라바이의 여자가 될 겁니다."

"서희야."

정필이 놀라서 무슨 말을 하려는데 서희는 닭똥 같은 눈물을 뚝뚝 흘렸다.

"저를 설득하려고 하지 마시기요. 저는 오라바이 여자가 되지 못하면 약을 먹고 죽을 거임다. 제가 정말 그러는지 시험해 보려면 해보세요."

"이거 참……."

정필은 더 이상 서희에게 뭐라고 하지 않았다. 다만 정필이 우여곡절을 겪으면서 가까스로 목숨을 구해주었기 때문에 서희가 지금 눈에 뭐가 씌워서 감정이 격해진 것이라고 생각했다.

그러므로 이제 대한민국에 가서 안기부 조사와 교육을 받고 대한민국 사회에 발을 내디디게 되면 정필보다 더 멋있는 남자들을 수두룩하게 보게 될 테니까 그때가 되면 생각이 달라질 것이라고 생각했다.

"네 마음대로 해라."

서희는 정필이 허락한 것으로 여기고 눈물을 흘리다 말고 환하게 웃으며 그에게 안겼다.

"고맙습니다, 오라바이……!"

철민이 큰엄마가 서희와 정필을 보면서 조용히 혀를 차는 것을 정필은 보지 못했다.

정필은 민효중과 함께 타완림콩 레스토랑 테라스의 테이블에 앉아서 커피를 마시며 대화를 나누고 있다.

정필은 민효중이 탈북자들을 방콕 안가에 데려다주고 대사관에 연락을 취하고 나서 그가 해야 할 일에 대해서 의견을 교환하는 중이다.

딸랑… 딸랑…….

그때 타완림콩의 입구 문이 활짝 열리면서 방울 소리가 나더니 세 사람이 안으로 들어와서 실내를 두리번거리며 누군가를 찾았다.

정필은 입구를 쳐다보다가 벌떡 일어나 세 사람에게 성큼성큼 걸어갔다.

세 사람 중에 앞선 두 남자가 정필을 발견하고 환하게 웃으면서 마주 다가왔다.

걸어가던 정필은 두 남자의 두 걸음 앞에 멈춰서 차렷 자세를 취하고 경례를 했다.

"단결."

두 남자 중에서 키가 크고 매우 준수하며 특히 코가 유난히 큰 미남이 경례를 붙였다.

"단결."

그가 바로 707특임대의 전설로 불렸던 고재영이다.

슥—

고재영이 손을 내밀었다.

"오랜만이다."

정필은 미소 지으며 고재영의 손을 잡았다.

"오시느라 힘드셨습니까?"

"여행이 힘들 나이가 되면 집에 있어야지."

정필은 고재영의 손을 놓고 그 옆에 서서 빙그레 미소 짓고 있는 역시 키 큰 남자를 쳐다보았다.

"동수 형."

군대 생활을 할 때에도 정필은 김동수 중사를 '동수 형'이라고 불렀었다.

"정필아."

두 사람은 와락 포옹을 하고는 서로의 등을 탁탁! 두 번 두드리고 바로 떨어졌다. 그게 두 사람만의 인사법이다.

정필은 재영과 동수, 그리고 동수의 아내를 테라스의 테이블로 안내했다.

민효중이 일어나 있다가 정필의 소개로 재영, 동수와 인사를 나누었다.

동수가 두 손을 앞에 모으고 수줍게 서 있는 여자를 정필에게 소개했다.

"정필아, 형수님이다."

동수는 40일쯤 전에 결혼했는데 그때는 정필이 중국 연길에서 정신없이 바빴을 때라서 그가 결혼을 하는지도 까맣게 몰랐고 두 사람은 아예 연락이 닿지 않았었다.

"처음 뵙겠습니다. 최정필입니다."

정필이 꾸벅 인사를 하자 얼굴이 동그랗고 귀엽게 생긴 여자가 눈웃음을 치면서 수줍게 자기소개를 했다.

"안녕하세요. 연정인이에요."

"죄송합니다. 결혼식에도 못 가고……."

"그럴 수도 있죠."

연정인이 말은 그렇게 하지만 남편 동수가 세상에서 가장 좋아하는 동생이라고 입에 침이 마르도록 칭찬했던 정필이 결혼식에 오지 않았다는 사실은 충격이었다. 그래서 그녀는 서운함을 굳이 감추려고 들지 않았다.

"실례하겠습니다."

민효중이 고재영과 동수가 몰고 온 버스에 탈북자들을 태우기 위해서 일어섰다.

"누구냐?"

눈이 매운 재영과 동수는 민효중이 평범한 사람이 아니라는 걸 첫눈에 간파했다.

"안기부 요원입니다."

정필은 솔직하게 대답했다. 앞으로 재영과 동수하고 일을 함께하게 되면 자연히 알게 될 일이다.

"안기부?"

"저를 돕고 있습니다."

안기부라는 말에 재영과 동수, 연정인까지 모두 적잖이 긴장한 표정을 지었다.

대한민국 사람이라면 안기부가 어떤 곳인지 조금쯤은 알고 있기 때문에 긴장하지 않을 수가 없다.

재영이 자세를 바로하고 앉으며 정색을 했다.

"탈북자 얘기도 그렇고, 안기부까지 개입해 있다니, 도대체 뭐가 어떻게 돌아가고 있는 거냐? 정필이 너, 솔직하게 얘기해봐라."

"알겠습니다."

정필은 자신이 은애의 혼령 때문에 두만강에 갔었다는 것만 빼고 지금까지 있었던 일들을 간략하게 압축해서 설명을 해주었다.

설명을 다 듣고 난 재영과 동수, 그리고 정인은 너무 놀라서 한동안 아무 말도 하지 못했다.

정필이 한 일과 지금 하고 있는 일은 평범한 대한민국 사람들이라면 꿈도 꾸지 못할 일이기 때문이다. 그러나 한 가지만은 분명했다.

정필이 하는 일은 어느 누구도 흉내 내기 어려운 숭고한 대업(大業)이라는 사실이다.

한참 만에 재영이 손을 뻗어 정필의 어깨를 두드렸다.

"정필이, 너 훌륭한 일을 하는구나. 감동받았다."

"감사합니다."

"그 일에 우릴 끼워주는 거냐?"

정필이 고개를 숙였다.

"부탁합니다."

"나야말로 부탁한다."

재영의 얼굴이 리비아에서 교민 구출 작전을 진두지휘할 때처럼 빛났다.

"나는 무조건 이 일을 하고 싶다. 써다오, 최정필."

정필은 재영이 얼마나 애국적인 사고방식을 지니고 있는지 누구보다 잘 알고 있다.

"알겠습니다."

정필이 자신을 쳐다보자 동수는 열띤 표정으로 주먹을 쥐고 제 가슴을 쳤다.

탁탁…….

"정필아, 나 이 일 못 하면 죽어서 귀신이 돼서라도 널 원망할 거다."

정인이 긴장한 얼굴로 물었다.

"위험하지 않은가요?"

정필은 고개를 끄떡였다.

"위험하긴 합니다."

잔뜩 걱정하는 얼굴의 정인은 옆에 앉은 동수의 팔을 두 손으로 꼭 붙잡고 아무 말도 하지 않았다. 그렇지만 그녀가 얼마나 걱정하고 있는지는 몹시 긴장한 얼굴만 봐도 알 수가 있었다.

동수는 팔을 정인의 어깨에 두르고 힘 있게 말했다.

"정인아, 내가 정필이, 팀장님하고 같이 고통 받고 있는 북한 동포들을 구하는 거야. 이런 기회는 아무에게나 오는 게 아냐. 그게 무슨 말인지 알아?"

"네."

"나로 인해서 수십 명, 아니, 수백 명의 북한 동포가 자유를 찾는다면 더 이상 뭘 바라겠니? 이건 정말 사나이로서 최고로 잘 사는 인생인 거야."

정필이 정인에게 말했다.

"형수님, 동수 형은 중국 국경에서 베트남 밀림을 오가는 일을 할 거니까 그리 위험하지는 않습니다. 안심하십시오."

"어? 정필아."

"동수 형, 탈북자들을 이끌고 베트남 밀림을 통과하는 일은 아주 중요한 일이야."

"그래?"

"두만강, 압록강에서 북한 사람들을 구하는 것도 중요한 일이지만, 그들을 무사히 대한민국으로 보내는 일도 무엇보다 중요해. 어렵게 구한 사람들을 대한민국으로 보내지 못하고 도중에 죽거나 떠돌게 만든다면 그게 다 무슨 소용이야? 안 그래?"

동수는 고개를 끄떡였다.

"네 말이 맞다."

그는 놀란 듯한 표정을 지었다.

"정필이, 너 말 많이 늘었다."

정인이 미심쩍은 얼굴로 물었다.

"정말 위험하지 않은가요?"

"보통 사람들에겐 위험할 수도 있겠지만 우리에겐 그다지 어려운 일이 아닙니다."

동수가 정인을 보며 주먹으로 제 가슴을 퉁퉁 두드렸다.

"정인아, 내가 누구?"

정인이 보조개를 만들며 귀엽게 웃었다.

"707특임대의 진짜 사나이."

정필이 어깨를 쭉 폈다.

"그리고 두 분 연봉을 제 나름대로 정했습니다."

재영과 동수는 움찔했다. 두 사람은 자신들이 탈북자들을 돕는 일을 무보수로 할 거라고 예상했었다.

그렇다고 해도 상관이 없다고 생각했는데 정필이 불쑥 연봉 얘기를 꺼냈다.

"팀장님은 3억, 동수 형은 2억 드리겠습니다."

"……"

재영과 동수는 머리를 한 대 세게 얻어맞은 것 같은 표정으로 정필을 쳐다보았다.

3억, 2억이라니. 대한민국에서 그 정도 굉장한 연봉을 받는 사람은 상위 1%도 안 될 것이다.

"지금쯤 선희가 두 분의 은행 구좌를 개설했을 겁니다. 거기로 매월 월급이 입금될 겁니다."

재영은 뚫어지게 정필을 주시하고, 동수는 입이 크게 벌어져 있으며, 정인은 믿지 못하겠다는 듯 정필과 동수를 번갈아 쳐다보았다.

"야, 최정필."

정필은 재영이 무슨 말을 하려는지 알고 거기에 대해서 설명했다.

"팀장님, 제가 연길에서 조그만 사업을 하고 있습니다. 탈북자들을 돕기 위한 위장 사업인데 그게 의외로 수입이 좋아서 자금 사정은 괜찮습니다."

"무슨 사업이냐?"

"외제 중고차 매매 사업입니다. 한국에서 외제차를 들여와 중국에서 팔고 있는데 현재 차가 없어서 팔지 못할 정도입니다. 그걸 선희가 총괄하고 있습니다."

재영은 적잖이 놀라는 표정을 지었다.

"네가 연길에서 사업을 한다는 게 그 얘기였군."

정필이 고개를 끄떡였다.

"그렇습니다. 그리고 어제 라오스 보케오 주지사를 만나서 라오스에서도 사업을 하기로 결정했습니다."

재영과 동수는 거듭 놀라 눈을 크게 떴다.

"보케오 메콩강 강변에 호텔 3개를 짓고 보트와 버스들을 들여와 메콩강 투어를 하는 관광사업입니다."

"햐아… 너."

"보케오 주지사가 우리 사업 차량에는 관용 차량 번호판을 달아주기로 했으니까 탈북자들 이송하는 데는 아무 문제도 없을 겁니다."

재영과 동수, 정인은 너무 놀라서 정신이 하나도 없는 표정이더니 잠시 후에 재영이 손가락 마디를 또각거리면서 부러뜨렸다.

"그러니까 말하자면 이제부터는 정필이 네가 우리 보스라는 얘기지?"

정필은 손을 저었다.

"팀장님, 보스라니 말도 안 됩니다."

"야, 인마, 우리한테 연봉을 3억, 2억씩 주는데 보스가 아니면 자선 사업가냐?"

정필은 머리를 긁적였다.

"정필이, 이 자식이 우릴 경악시키는구만."

동수가 넌지시 재영을 나무랐다.

"팀장님, 3억, 2억씩이나 주시는 보스께 이 자식, 저 자식 하는 건 어느 나라 예법입니까?"

"어?"

재영이 뜨악한 표정을 지었다.

그때 민효중이 테이블로 왔다.

"정필 씨, 곧 출발할 겁니다."

정필과 재영, 동수, 정인은 민효중을 따라서 타완림콩 밖으로 나갔다.

타완림콩 입구에서 조금 떨어진 곳에는 재영과 동수가 태국에서 빌려서 몰고 온 멋들어진 버스 한 대가 서 있고 문이 열려 있었다.

정필 등이 버스에 타보니까 한스 부부와 딸 커플이 탈북자들과 작별 인사를 나누고 있었다.

그 사이에 정이 든 탈북자들과 한스 부부, 딸 커플은 서로 손을 잡거나 부둥켜안고는 눈물을 흘렸다.

탈북자들 중에 몇몇 여자는 대한민국에 가서 어엿한 신분이 되면 반드시 타완림콩에 다시 와볼 거라고 한스 부부에게 약속을 했다.

정필은 총 22명의 탈북자와 버스 앞에서부터 한 사람씩 차례차례 손을 잡으며 작별했다.

"오라바이……."

정필이 앞에 서자 서희는 마치 다시는 만나지 못하는 비운의 연인인 듯 폭포처럼 눈물을 흘리며 울어서 사람들이 이상한 눈으로 쳐다보았다.

뒤따르던 재영과 동수, 정인은 눈이 번쩍 떠질 만큼 아름다운 서희를 보고 적잖이 놀라는 표정이다.

정필이 손을 잡으려고 하자 서희는 울면서도 안아달라고

두 팔을 내밀었다.

정필이 자세를 낮추고 부드럽게 안으니까 서희는 흐느끼면서 그의 귀에 대고 말했다.

"으흐흑……! 사랑합니다… 오라바이……."

그녀의 느닷없는 외침에 모든 사람이 놀랐다.

민효중이 22명의 탈북자를 태운 버스를 몰고 타완림콩을 출발한 후에 정필은 재영 등을 데리고 치앙라이 메콩강 선착장으로 향했다.

라오스의 보케오처럼 태국의 치앙라이도 하나의 주(州)다. 그러니까 치앙라이주다.

라오스의 반파크른하고 마주 보고 있는 태국 쪽 골든트라이앵글의 정식 명칭은 솝루악이다.

"정필아."

"네, 팀장님."

메콩강을 건너기 위한 솝루악 선착장 계단을 내려가면서 재영이 정필을 불렀다.

"여기가 그 유명한 골든트라이앵글이냐?"

"그렇습니다."

정필은 왼쪽에서 메콩강으로 유입되고 있는 강 너머를 가리키며 설명했다.

"저 루아크강 너머가 미얀마의 샨주인데 마약왕 쿤사가 지배하던 지역입니다."

"그래?"

마약왕 쿤사의 악명에 대해서 익히 알고 있는 재영은 밀림이 우거진 험준한 산악 지대를 바라보면서 정필의 설명을 들었다.

"쿤사는 재작년에 미얀마 정부에 투항하는 형식을 취했지만 처벌은 받지 않고 정부의 비호 아래 사업가로 변신한 모양입니다. 그렇지만 샨주에는 아직도 미얀마 정부군이 손대지 못하는 마약 군벌들이 도사리고 있답니다. 들리는 말로는 웬만한 대대 병력이 수십 개나 된답니다."

일행은 출입국 사무소 앞에 사람들이 길게 줄지어 늘어선 곳으로 걸어갔다.

"여기가 세계 헤로인의 70%가 생산되는 곳이라던데 아직도 그런가?"

"태국 쪽은 정부의 부단한 노력으로 양귀비 밭이 거의 사라졌다고 합니다. 라오스 보케오주 산악 지대에는 아직도 주민들이 소득을 위해서 양귀비를 재배하고 있지만 정부에서 터치를 하지 않는 모양입니다."

"왜 그런 거지?"

"제재를 가하면 주민들이 당장 소득이 없어지기 때문이랍니다. 그래서 라오스 정부에서는 양귀비 대신 커피나 차를 키우라고 장려한다는 겁니다."

"그렇군."

동수와 정인은 꼭 붙어서 주변을 구경하기에 여념이 없는 모습이 영락없는 신혼부부다.

그런데 둘이 나누는 대화를 들어보면 동수 연봉 2억 원 받아서 어떻게 쓸 것인가를 궁리하고 있는 중이다. 2억 원이면 며칠 전까지 동수가 다니던 회사에서 받았던 연봉의 무려 6배가 넘는다.

라오스로의 출국자 줄이 너무 길어서 정필 일행 차례가 되려면 족히 한 시간 이상 기다려야 할 것 같았다.

줄 끄트머리에 정필과 재영이 서서 탈북자에 대해서 얘기를 나누고 있는데, 동수와 정인은 뚝 떨어진 강변을 거닐면서 다정하게 산책을 하고 있다.

그런데 그때 갑자기 누군가 정필에게 다가오면서 반갑게 아는 체를 했다.

"촘푸 선생!"

정필이 쳐다보니까 태국 치앙라이 출입국 사무소 직원인 링이다. 그는 지나가다가 정필이 줄에 서 있는 모습을 우연히 발견하고는 복권에 당첨된 것처럼 기뻐하면서 부리나케 달려와서 시끄럽게 떠들어댔다.

"촘푸 선생께서 치앙라이에 자주 오시는군요?"

링은 태국식 앵앵거리는 영어로 잘도 말했다.

"아는 분을 마중하러 왔습니다."

정필이 재영을 가리키자 링이 안내를 했다.

"이리 오십시오. 촘푸 선생께서 줄을 서시다니 말도 안 되는 일입니다."

링은 다짜고짜 정필과 재영을 강변에 자리 잡은 2층의 출입국 사무소로 데리고 들어갔다.

"이리 오십시오."

그는 직원들이 업무를 보는데도 거침없이 사무실 한가운데를 가로질러서 들어가 어느 방문을 벌컥 열더니 안에 대고 태국 말로 뭐라고 크게 외쳤다.

"들어가시지요."

그러고는 정필과 재영을 안으로 안내했다.

정필이 보기에 그곳은 출입국 사무소 소장 사무실인 것 같았다.

책상 너머 의자에 앉아 있다가 막 일어서고 있는 30대 후반의 남자가 정필을 보더니 다급하게 두 손을 모아 합장을 해보였다.

"싸와디캅."

정필도 마주 합장을 했다.

링이 환하게 웃으며 남자를 소개했다.

"촘푸 선생, 이분이 출입국 사무소 소장이십니다."

정필은 소장에게 합장을 해보이면서도 어째서 링이 자신을 이곳으로 데려왔는지 이유를 알지 못했다.

잠시 후에 이유가 밝혀졌다.

정필이 라오스 보케오주에 무려 7백만 달러를 투자한다는 사실을 태국에서 알게 된 것이다.

바로 하루 전인 어제 보케오 주지사 분후앙하고 비밀리에 추진했던 일인데, 어떻게 하루 사이에 태국에서 그 사실을 알게 됐는지 모를 일이다.

"우리 주지사께서 촘푸 선생을 만나고 싶어 하십니다. 주지사께서는 촘푸 선생이 치앙라이에도 투자를 해주시기를 원합니다."

'메오'라는 닉네임의 소장은 정필이 이곳에 들어설 때부터 굽실거리며 두 손을 비볐다.

"조금 전에 연락이 왔는데 주지사께서 하시던 일을 중단하고 지금 이곳으로 오시는 중이랍니다."

메오는 링하고 비슷한 발음의 어눌한 영어로 말하면서 정필이 이대로 일어난다면 자살이라도 할 것 같은 애절한 표정을 지었다.

정필은 잠시 생각하다가 재영과 의논했다.

"태국을 무시해서 좋을 건 없다."

"그렇겠지요."

재영의 냉정한 판단에 정필이 고개를 끄떡였다. 그도 같은 생각을 하고 있었다.

정필과 재영, 동수가 이곳에 있는 이유는 오로지 탈북자들의 원활한 탈출 루트를 확보하기 위해서다.

탈출 루트는 라오스 한 나라만 확보돼서는 반쪽짜리라서 소용이 없다.

정필이 태국을 무시하면 그들은 필경 보복적으로 나올 것이 분명하다.

그러니까 정필이 라오스에 투자하는 것이 결국은 태국에 악재로 작용을 하고 있다.

"지금은 바쁘니까 적당한 날에 약속을 잡읍시다."

그렇다고 해서 치앙라이 주지사에게 저자세로 끌려 다닐 필요는 없다.

더구나 준비도 없이 지금 주지사를 만나면 그가 하자는 대로 끌려 다닐 가능성이 크다.

애가 타는 사람은 치앙라이 주지사 쪽이니까 정필로서는 태국의 요구를 들어줄 땐 들어주더라도 어떻게 하는 것이 탈북 루트에 도움과 이득이 되는지 최대한 계산을 해봐야만 할 것이다.

"조금만 기다리시면 주지사께서……."

정필은 메모지에 캄분의 집 전화번호를 적어놓고 일어섰다.

"전화 주십시오."

출입국 사무소 소장 메오와 링이 정필과 재영의 하인처럼 촐랑거리면서 뒤따라 나왔다. 메오는 다시 줄을 서려고 하는 두 사람을 만류했다.

"촘푸 선생께서는 줄 서실 필요가 없습니다. 제가 직원들에게 말해놓을 테니까 다음부터는 그냥 통과하십시오."

메오는 최대한의 친절과 편의를 제공했다. 정필이 치앙라이 주지사를 만날 때 지나가는 말처럼 메오와 링의 이름을 슬쩍 말해준다면 출세는 보장되는 것이기 때문이다.

원래 라오스 반파크른으로 가는 사람들은 한 시간마다 도강하는 정기 페리선을 타야 하지만 메오는 출입국 사무소의 쾌속 보트를 내주었다.

정필과 재영이 보트에 타지 않고 두리번거리자 메오는 정필이 다른 볼일이 있는 것으로 오해했다.

"더 하실 일이 있으십니까?"

"일행을 기다리고 있습니다."

재영이 기다리지 못하고 선착장 쪽으로 뛰어갔다.

"내가 찾아오겠다."

삼시 후에 동수와 정인은 재영에게 개처럼 끌려왔다.

정필 일행이 보트에 타자 메오와 링을 비롯한 출입국 사무소 직원들이 일렬로 늘어서서 귀빈을 환송하듯 합장을 하며 고개를 숙였다.

"촘푸 선생, 전화 드리겠습니다."

바아아―

보트는 물보라를 일으키며 메콩강을 가로질렀다.

재영이 동수와 정인을 혼냈다.

"또다시 어영부영하면 버리고 가겠다."

동수는 시끄러운 엔진 소리 때문에 재영의 말을 잘못 알아듣고 반문했다.

"어딜 가신다고요?"

"어영부영하면 버리고 가겠다!"

동수는 고개를 크게 끄떡였다.

"정필이가 사는 동네가 어영부영인가요? 하하하! 동네 이름이 웃깁니다!"

라오스 보케오 반파크른 국경 검문소에서도 정필은 특별한 대우를 받았다.

태국 출입국 사무소 보트에서 내린 정필 일행에게 라오스 군인 몇 명이 다가와서 여권을 제시하라고 해자 정필은 분후 앙 주지사가 만들어준 특별 외교 신분증을 내밀었다.

그랬더니 군인 한 명이 특별 외교 신분증을 들고 쏜살같이 국경 검문소로 뛰어갔고 잠시 후에 한 명의 장교와 함께 엎어질 것처럼 달려왔다.

"미스터 초이입니까?"

자신을 국경 검문소 책임자라고 소개한 장교가 제법 유창한 영어로 물었다. 정필의 성인 '최' 발음이 잘 안 되니까 '초이'라고 했다.

"예스."

척!

장교는 경례를 하고는 부동자세로 말했다.

"분후앙 주지사께서 미스터 초이를 보케오주 최고의 귀빈으로 모시라고 명령하셨습니다."

장교의 말을 알아들은 재영이 어이없는 표정을 지었다.

"야, 정필아, 너 라오스에서 도대체 무슨 짓을 하고 다니는 거냐?"

연락을 받은 캄분이 정필 일행을 태우려고 낡은 승용차 한 대를 빌려서 왔다. 그런데 장교는 국경 검문소에 있는 의전용 승용차에 정필 일행을 태우고 통펑의 캄분 집까지 친절하게 태워다주었다.

그뿐 아니라 군용 모터사이클 2대가 정필 일행이 탄 승용차 앞뒤에서 에스코트를 해주었다.

캄분의 집에 도착하니까 정필이 차에서 내리기도 전에 김길우와 옥단카가 달려왔다.

"터터우!"

"준샹!"

정필은 미소 지으며 옥단카의 머리를 쓰다듬으면서 김길우에게 보고했다.

"다들 잘 갔습니다."

"민효중 씨가 데려갔습까?"

"그렇습니다."

차에서 내린 재영과 동수, 정인은 옥단카를 보고는 그 자리에서 얼음이 돼버린 것 같은 표정이다.

"정필아, 쟤 사람이냐?"

동수가 옥단카에게서 시선을 떼지 못하고 물었다.

"중국 묘족이야, 형."

"묘족… 야아… 묘족이나 뭐나 도대체 저렇게 예쁜 게 사람이냐, 인형이냐?"

옥단카는 흔히 세상 사람들이 손가락에 꼽는 늘씬한 팔등신의 쭉쭉빵빵 미인은 아니지만 한 번 보면 꼭 안아주고 싶

을 만큼 작고 아담하며 예쁘고 귀여워서 영락없는 인형 같았
다.

팁랑이 현관 앞에 나와서 기다리다가 남편 캄분과 정필 일
행을 맞이했다.

"어서 오세요, 아도니스."

팁랑은 다정하게 캄분의 손을 잡고 정필을 바라보며 미소
지었다.

정필이 재영과 동수, 정인을 소개하자 팁랑의 시선이 재영에
게 머무르며 눈을 빛냈다.

"이번에는 아폴로께서 오셨네요?"

아폴로는 영어권에서 미남 청년이나 빛, 남성미의 신이라는
뜻을 지니고 있다.

재영은 서구형의 굵직굵직한 미남이라서 여자들의 시선을
잡아끄는 매력을 지녔다.

팁랑은 동수를 보고는 아무 말도 하지 않았다. 동수는 키
가 껑충 크고 사람이 좋아 보이는 인상일 뿐 팁랑의 호기심을
자극하지는 못했다.

"들어가세요. 요리를 준비해 놨어요."

더운 낮이라서 현관문과 커다란 창문을 활짝 열어놓은 일
층 실내에서 대여섯 살짜리 여자아이와 서너 살짜리 남자아
이가 뛰어놀다가 정필 일행을 발견하고는 깜짝 놀라며 할머니

뒤에 숨었다.

1층에는 캄분과 팁랑의 홀어머니 두 분뿐만 아니라 팁랑의 아들과 딸, 그리고 여동생 두 명과 남동생 한 명까지 있었다.

이를테면 캄분은 자신의 어머니와 장모, 처제들과 처남까지다 함께 살고 있는 것이다.

동남아시아는 대부분 대가족제도이며 가족, 친척간의 우애가 매우 좋은데 캄분네도 예외가 아니다.

잠시 후 정필 일행의 아지트인 2층 발코니 테이블에 상다리가 부러지도록 한 상이 떡하니 차려졌다.

지금까지 몇 번 라오스 요리를 먹어봤지만 오늘 차린 요리들은 정필이 처음 보는 것들이다. 손님이 온다고 팁랑이 솜씨를 한껏 발휘한 모양이다.

모두들 테이블에 둘러앉고 팁랑이 요리를 하나씩 가리키면서 라오스 대표 요리라며 '라압'이니 '탐막홍', 그리고 '핑카이' 등을 줄줄이 소개했다.

하나같이 맛이 기막혔다. 정필은 지금껏 라오스 볶음밥 카오팟하고 바게트 샌드위치만 먹었는데 이 요리들은 거기에 비할 바가 아니다.

모두들 라오스 요리를 먹으면서 감탄을 연발하며 신세계를 경험했다.

일행은 식사를 하면서 라오스 전통 발효주인 라오라오와 맥주 라오비어를 마셨다.

재영은 원래 까칠하고 시크한 성격인데 오늘은 많이 너그러워져서 팁랑의 미모를 칭찬하는 일까지 벌어졌다.

"정필이 네 주위에는 미인들만 우글거리는구나."

그러자 갑자기 잘 먹고 있던 정인이 젓가락을 탁 내려놓더니 고개를 꾸벅 숙였다.

"죄송합니다."

                    *   *   *

갑자기 민효중에게서 전화가 왔다.

22명의 탈북자를 태운 버스를 몰고 방콕으로 가고 있을 그가 무엇 때문에 전화를 한 것인지 정필은 갑자기 불길함 예감이 확 들었다.

팁랑이 전화를 2층으로 돌리고 무선전화기를 가져와 정필에게 주었다.

"최정필입니다."

모두들 긴장된 표정으로 조용한 가운데 정필의 목소리만 잔잔하게 흘렀다.

—김 주임님하고 통화를 했습니다.

민효중이 김낙현하고 통화를 한 모양이다. 연길에서 무슨 일이 터진 건가?

"무슨 일입니까?"

—두 가지 일이 생겼습니다.

하나도 아니고 두 가지다. 민효중이 과연 무슨 말을 할지 정필은 뒷목이 뻣뻣해지도록 긴장했다.

—5일 전에 탈북자 6명이 라오스 북쪽 국경 지대에서 불법 입국하다가 체포되어 현재 루앙남타 이민국 수용소에 갇혀 있다고 합니다.

"그들은 누굽니까?"

—모르겠습니다. 장중환 목사 쪽이나 정필 씨 라인이 아닌 것만은 확실합니다.

"철민이 등 6명을 보낸 장춘의 목사님 쪽이 아닐까요?"

—그럴지도 모르겠습니다만 어쨌든 김 주임님이 확인하고 있는 중입니다. 그렇지만 중요한 건 루앙남타에 갇혀 있는 탈북자 6명입니다. 라오스 주재 북한 대사관에서 그들을 자기들에게 넘기라고 강력하게 요구하고 있답니다.

라오스와 북한은 같은 공산국가로서 친밀한 관계니까 북한 대사관에서 탈북자들을 넘기라고 요구하면 라오스가 거절할 이유가 없다.

"또 하나는 뭡니까?"

─장중환 목사가 탈북자 13명을 보냈습니다.

"이런 상황에 말입니까?"

정필의 미간이 저절로 찌푸려졌다.

─장중환 목사가 13명의 탈북자를 보낸 날짜는 1월 26일 그저께인데 루앙남타에 탈북자들이 수감되어 있다는 사실을 알게 된 건 어제 27일이었답니다.

"그럼 왜 어제 연락하지 않았답니까?"

─연락할 방법이 없었답니다. 중국하고 라오스는 국제전화가 되지 않고 설혹 된다고 해도 연길에서는 정필 씨가 묵고 있는 캄분 씨네 전화번호를 모르고 있잖습니까?

태국하고 중국은 국제전화가 된다. 그렇다면 진작 타완림콩 레스토랑 전화번호를 연길에 알려줄 걸 거기까지는 미처 생각하지 못했다.

소영과 철민이를 통화하게 해줄 생각은 했으면서 어째서 그런 생각은 못했는지 실수를 했다.

정필로서는 루앙남타 이민자 수용소에 감금되어 있는 탈북자들을 구해야 하는 판국인데, 연길에서 탈북자 13명을 보내다니 엎친 데 덮친 격, 점입가경이다. 도대체 어쩌라는 것인지 정필은 난감했다.

─연길에서 출발한 13명은 모레, 그러니까 31일 저녁쯤에

곤명 버스 터미널에 도착한다고 합니다. 장중환 목사는 정필 씨가 곤명에서 그들을 인솔해서 태국에 입국시켜 주기를 원하고 있습니다.

"음, 알겠습니다."

진작 출발해서 곤명으로 오고 있는 탈북자들을 다시 되돌아가라고 할 수는 없는 노릇이다.

―내가 보기에도 루앙남타 쪽은 한시가 급합니다. 여차해서 그들이 북한 대사관에 넘어간다면 전혀 손을 쓸 방법이 없습니다. 북한에서는 고려항공을 띄워서 곧장 평양으로 이송할 겁니다.

정필은 거기에 대해서는 뾰족한 방법이 없다. 기껏해야 어제 처음 알게 된 보케오 주지사 분후앙에게 부탁해 볼까 하는 생각이 드는 정도다.

―정필 씨, 거기 주지사한테는 부탁하지 마십시오.

그런데 민효중이 마치 정필의 속을 꿰뚫고 있는 것처럼 못을 박았다.

"왜 안 됩니까?"

―자칫하면 정필 씨가 라오스에서 시작하려는 사업이 잘못될 수 있습니다.

"아……."

정필 입에서 나직한 탄성이 흘렀다. 그는 사실 거기까지는 미처 생각하지 못했다.

따지고 보면 간단한 이치다.

정필이 분후앙 주지사에게 루앙남타에 감금된 탈북자들의 구명을 부탁하면, 분후앙 주지사가 정필이 사업을 하려는 의도를 의심할지도 모른다는 얘기다. 그것은 충분히 가능한 일이다.

전화를 끊은 정필은 사람들에게 민효중과의 통화 내용을 설명해 주었다.

"길우 씨 생각은 어떻습니까?"

정필은 다른 사람 다 놔두고 김길우에게 제일 먼저 물었다. 재영이나 동수는 이제 막 도착해서 이곳 사정에 대해서 잘 모르니까 아직 뭐라고 말할 처지가 아니다.

그렇지만 김길우는 정필과 처음부터 탈북자 일을 해왔으며 이곳의 돌아가는 사정을 누구보다도 잘 알고 있는 사람이다.

"저하고 옥단카가 곤명으로 가고 터터우께서 루앙남타인가 뭔가 하는 곳에 갇혀 있는 탈북자들을 구하는 거이 좋을 거 같습다."

"내 생각도 그렇습니다."

정필은 미간을 좁혔다.

"그런데……."

김길우가 그의 내심을 읽었다.

"저하고 옥단카기 모레까지 곤녕에 도착하지 못할 것 같아서리 그러심까?"

"그렇습니다."

캄분의 집이 있는 통펑에서 라오스 동쪽 끝 베트남 국경까지 차로 이동을 하고, 거기에서부터 중국 국경까지는 밀림을 헤쳐가야만 한다.

정필이 옥단카에게 물었다.

"옥단카, 네가 다니던 길을 가려면 어디까지 가야 하느냐?"

옥단카는 조금 생각하다가 대답했다.

"타이창이에요."

"캄분 씨, 여기에서 타이창까지 최단 거리가 얼마입니까?"

캄분이 즉각 대답했다.

"타이창은 라오스 동쪽 국경 마을인데 여기에서 470㎞ 거리입니다. 차로 최대한 빨리 달리면 7시간쯤 걸릴 겁니다."

라오스의 험악한 비포장 산악 도로를 시속 60㎞ 이상으로 달리는 것은 자살행위다.

"옥단카, 타이창에서 김펑까진 얼마나 걸리느냐?"

김펑은 중국 운남성 홍하현 남쪽의 국경 마을이며 또한 묘족 마을이기도 하다. 중국 말로는 진펑이라고 한다.

"이틀 걸려요."

김길우가 옥단카의 말을 통역하자 재영이 불쑥 물었다.

"타이창에서 김평까진 베트남 밀림 지대를 걸어서 통과해야 하는데 350㎞이나 되는군. 그런데 이틀밖에 걸리지 않는다는 말인가?"

재영과 동수는 캄분이 펼친 지도를 보고 있었다.

특전사 707특임대라고 해도 밀림 350㎞를 가려면 아무리 빨라도 하루에 50㎞씩 7일은 소요된다. 그걸 단 이틀 만에 주파한다니까 어이가 없는 것이다.

재영의 말을 김길우가 옥단카에게 통역해 주자 그녀는 발끈해서 재영을 주시하며 중국 말로 사납게 쏘아붙였다.

"옥단카가 말하는데 350㎞를 이틀에 가는 데 자기 목숨을 걸겠다고 한다."

"말도 안 돼."

재영이 단호하게 고개를 흔들었다.

"호랑이나 표범이라면 가능하겠지만 사람이라면 절대로 불가능하다."

정필이 빙그레 미소 지으면서 옆에 앉아 있는 옥단카의 머리를 쓰다듬었다.

"옥단카가 바로 호랑이나 표범입니다."

이때까지만 해도 재영과 동수는 정필이 우스갯소리를 한다고만 생각했었다.

"내가 곤명에 가겠다."

재영이 나섰다.

"여기에서 곤명까지 도로가 나 있을 것 아니냐?"

재영의 말을 정필이 영어로 캄분에게 통역했다.

"라오스 수도 비엔티엔에서 루앙프라방을 거쳐 중국 곤명시까지 가는 국제 침대 버스가 있습니다. 그 버스가 타이창을 경유해서 지나가는 걸로 압니다."

캄분이 무선전화기를 집어 들었다.

"자세히 알아보겠습니다."

재영은 지도의 곤명시를 손가락으로 짚었다.

"내가 곤명으로 가서 탈북자들을 만난 다음에 베트남 정글을 통과해서 이곳으로 데려오겠다."

그는 동수를 쳐다보았다.

"동수는 소형 버스를 끌고 타이창까지 와서 대기하고 나를 기다리도록 해라."

"알겠습니다."

재영은 팀장을 하던 습관이 있어서 이번 일도 자신이 직접 결정하고 명령을 내렸다.

"그게… 아니고 보스 명령을 따라야 하지 않겠습니까?"

한 발 늦게 냉정을 찾은 동수가 정필을 보면서 재영을 일깨워주었다.

"어… 그런가? 하지만 정필이 생각도 나하고 같을걸?"

정필은 빙긋 웃었다.

"비슷합니다. 팀장님께선 동수 형하고 같이 가십시오. 가실 때는 버스로, 오실 때는 탈북자들과 함께 옥단카하고 만나서 베트남 밀림을 거쳐서 오십시오."

"응?"

"옥단카 없이는 밀림을 통과하지 못할 겁니다. 시간을 단축하는 것도 그렇지만 밀림에서는 길을 잃어버리기 십상입니다. 그러니까 팀장님께선 곤명이나 홍하에서 옥단카를 만나 같이 오십시오."

재영은 미간을 좁혔다.

"그럼 곤명에서 저 꼬맹이가 오도록 며칠이나 기다려야 한다는 말이냐?"

김길우가 재영의 말을 옥단카에게 통역하자 그녀는 정필을 올려다보며 생긋 웃었다.

"괜찮아, 옥단카 할 수 있다."

"어… 쟤 우리 말 할 줄 아네?"

동수가 신기하다는 표정을 지었다.

정필이 지도를 보면서 김평을 짚었다.

"팀장님과 동수 형은 곤명에서 탈북자들을 이끌고 여기 김평까지 오십시오. 거기에서 옥단카를 만나면 됩니다. 아마 그리 오래 기다리지는 않을 겁니다."

재영은 조금 거만한 동작으로 고개를 가로저었다.

"어쨌든 나는 괜찮다. 문제는 중국 공안들이 득실거리는 곤명에서 우리가 탈북자들을 며칠 동안이나 데리고 있어야 한다는 사실이지."

그는 사람이 호랑이나 표범이 아닌 이상 이틀 만에 정글 350㎞를 주파한다는 사실을 도무지 믿으려고 들지 않았다. 더구나 코딱지만 한 옥단카는 더욱 그랬다.

"옥단카가 내기하잡다."

옥단카 옆에 앉은 김길우가 불쑥 말했다.

"옥단카는 이틀 만에 갈 수 있다는 것에, 그리고 팀장 동지는 옥단카가 이틀 만에 못 가는 거에다 걸고 내기 한 판 하자고 함다."

재영이 빙긋 미소 지었다.

옥단카는 재영을 쏘아보며 종알거렸다.

"자기가 지면 1억 원 드리갔담다."

"1억? 너 돈 있니?"

재영은 말도 안 된다는 듯 손가락으로 옥단카의 이마를 쿡쿡 찔렀다.

"옥단카가 지면 제가 1억 드리겠습니다."

정필이 미소 지으며 흔쾌히 고개를 끄덕였다.

웃자고 시작한 얘기가 흥미진진한 내기로 변했다.

재영은 구미가 당긴다는 표정이다.

"호오… 1억 원이라고?"

정필의 미소가 짙어졌다.

"그 대신 옥단카가 이기면."

그는 옥단카가 이길 것이라고 예상했다.

"그럴 리는 없겠지만, 그래 꼬맹이가 이기면 내가 뭘 어떻게 해줄까?"

옥단카의 말을 김길우가 통역했다.

"자기가 이기면 팀장 동지가 옥단카의 종이 되람다."

"종?"

"말하자면 하인 같은 검다."

재영은 어이없는 표정을 지었다.

"나더러 요 꼬맹이의 종이 되라고?"

동수가 흥분하려는 재영을 일깨웠다.

"팀장님이 졌을 경우입니다."

재영은 고개를 끄떡였다.

"아… 그렇지. 좋아. 하지, 뭐."

재영은 자신을 사나운 눈으로 쏘아보고 있는 옥단카의 이마를 손가락으로 눌렀다.

"요 꼬맹이가… 악!"

뚜둑…….

옥단카가 자신의 이마를 찌르려는 재영의 긴 손가락을 잽싸게 잡아서 꺾었다.

"이 꼬맹이가!"

부웅—

재영은 잡힌 손가락을 놔두고 왼손 주먹으로 옥단카의 머리를 후려쳤다.

파악!

"엇?"

아니, 옥단카의 머리를 후려치던 재영의 왼팔이 갑자기 위쪽 뒤로 번쩍 들려졌다.

그뿐만이 아니라 그의 육중한 몸까지 어떤 알 수 없는 힘에 의해서 앉은 자세 그대로 허공으로 둥실 떠올랐다.

딱!

"윽…….""

그의 왼팔이 벽에 딱 달라붙었고 그와 함께 몸뚱이도 벽에 묵직하게 부딪쳤다.

사람들은 벽에 왼팔을 번쩍 쳐든 자세로 대롱대롱 매달려 있는 재영의 모습을 놀란 얼굴로 쳐다보았다.

재영의 왼팔 손목 부위 옷을 뚫은 옥단카의 젓가락 같은 암기가 벽에 꽂힌 채 80kg에 육박하는 그를 허공에 매달아놓은 것이다.

정필은 옥단카가 자신의 틀어 올린 머리에 꽂혀 있는 암기 하나를 뽑는 것을 발견하고 급히 제지하려고 했다.

슁!

그러나 암기는 이미 옥단카의 손을 떠나 재영을 향해 흰 빛을 뿌리며 날아갔다.

재영은 자신의 얼굴을 향해 곧장 쏘아오는 흰빛을 보고 기 겁했다.

"우왓!"

딱!

옥단카의 암기는 재영의 머리카락을 뚫고 벽에 깊숙하게 박 혔다.

암기가 손가락 한 마디만 아래쪽으로 치우쳤다면 재영의 이 마에 구멍이 뚫렸을 것이다.

모두들 재영을 보면서 넋이 빠져 있는데 옥단카가 차갑게 중얼거렸다.

"지바단(鷄巴蛋)."

김길우는 웃음을 참으면서 통역하지 않아도 될 말을 기어 코 통역했다.

"좆만 한 새끼람다."

그 말에 정필을 비롯한 모두들 테이블을 두드리며 웃어댔다.

"우핫핫핫핫!"

"킬킬킬킬!"

재영은 졸지에 좆만 한 새끼가 됐다.

제48장
미션 임파서블

　정필 일행은 승용차 2대에 나누어 타고 통평을 출발하여 동쪽으로 전속력으로 내달렸다.

　정필이 가려고 하는 루앙남타는 보케오주 바로 옆 동쪽에 있는 주(州)로서 주도는 루앙남타시다. 바로 그곳에 이민자 수용소가 있다고 한다.

　통평 캄분의 집에서 술을 마시던 일행은 그 즉시 승용차 2대를 섭외하여 출발했으며, 그때 시간이 오후 2시였다.

　정필과 캄분은 통평에서 루앙남타까지 정확하게 227㎞를 5시간 15분 걸려서 도착했다.

재영과 동수, 그리고 옥단카가 탄 또 한 대의 승용차는 정
필과 함께 루앙남타까지 같이 왔다가 인사도 나누지 못하고
그대로 지나쳐서 달려갔다.

그들은 거기에서 35km쯤 더 가다가 남쪽으로 방향을 꺾어
서 나튜이를 지나 다시 동쪽으로 밴켓, 무앙마이를 거쳐서 타
이창까지 갈 것이다.

그곳에서 라오스에 불법 입국한 옥단카를 내려주고, 재영
과 동수는 라오스 비엔티엔에서 출발하여 중국 곤명시까지
가는 국제 버스를 타야 한다.

두 사람은 베트남 국경 검문소에서 입국 허가를 받고 다시
중국 김평 국경 검문소에서 중국 입국을 허가받을 것이다.

김길우는 혼자 통평의 캄분 집에 남았다. 그가 옥단카와
같이 가면 짐만 될 것이기 때문이다.

루앙남타는 라오스 북부 지역에서는 가장 큰 도시다.

정필과 캄분이 루앙남타시에 들어서니 시계가 7시 30분을
가리키고 있다.

정필은 시내로 들어가는 초입에 위치한 비행장 활주로에서
승객을 태운 프로펠러 여객기가 천천히 굴러가고 있는 것을
보았다.

"여기 비행장이 있었군요."

"저도 알고는 있었지만 보는 것은 처음입니다."

어두워진 거리를 천천히 달리다가 차를 세우고 캄분이 내려 어느 가게에서 이민자 수용소가 어디에 있는지 물어보고 돌아왔다.

말로는 이민자 수용소라고 하지만 사실은 루앙남타 경찰서의 유치장이다.

그곳에 여자 4명, 남자 2명인 탈북자 6명이 두 개의 붙어 있는 유치장 감방에 분산 감금되었다.

이들은 5일 전 라오스 북단의 보텐이라는 국경 마을의 검문소 군인들에게 체포당해 끌려왔다.

그곳에서 북쪽으로 15㎞만 더 산길을 올라가면 라오스와 중국 국경이 있다.

이들은 국경 검문소를 피하여 울창한 산을 넘어서 라오스에 불법 입국했다가 불심검문에 체포당했다.

그나마 다행인 것은 이들 탈북자들을 라오스 잡범들과 섞어놓지 않고 따로 격리했다는 점이다.

3평 남짓한 유치장 한쪽 구석에 4명의 탈북녀가 웅크린 채 옹기종기 모여 있다.

모녀지간인 14살 딸과 36살의 엄마는 서로 꼭 끌어안고 얇은 담요를 덮은 채 잠들어 있으며, 그 양쪽에 두 여자가 벽에 기대어 앉아 있다.

"후우……."

등을 벽에 기대고 두 다리를 쭉 뻗어 발목을 포갠 25살 정도의 여자가 길게 한숨을 내쉬었다.

"도대체 뭐이가 어케 돌아가는 거인지 알 수가 없으니끼니 불안해서리 미치갔어."

그녀는 자신과 비슷한 또래인 맞은편의 여자를 쳐다보며 하소연하듯 말했다.

"화연아, 너는 무섭지 앙이 하니?"

화연이라는 여자는 무릎을 세워서 두 팔로 안고 물끄러미 정면의 쇠창살을 응시하고 있었다.

"무서워."

화연은 그렇게 대답은 했지만 그다지 무서워하는 표정은 아닌 것 같았다.

"나는 무서워서리 죽갔는데 화연이 너는 앙이 무서워하는 거 같다이. 정말 대단하꼬마."

화연은 미간을 찌푸리더니 곧 쓸쓸한 표정을 지었다.

"어찌 앙이 무섭갔니? 나도 너무 무서워서리 죽을힘을 다해서 참고 있는 거이야."

이들 6명은 중국 길림성 심양의 한 기독교 단체에서 운영하는 은신처에서 같이 생활했었다.

그곳 단체에서 마련해 준 돈으로 버스를 타고 북경을 거쳐서 곤명까지 왔었다. 그리고 그곳에서 브로커의 안내로 운남성 서남단인 옥계현(玉溪縣)과 보이(普洱)시, 서쌍판납(西雙版納) 다이족 자치주를 거쳐서 중국과 라오스 국경을 넘었다. 물론 국경 검문소를 피해서 험준한 산을 넘은 것이다.

그런데 국경에서 15㎞나 멀리 남쪽으로 떨어졌으며, 또 산을 다 내려와 보텐 마을이 가까이에 보이자 안심하고 도로에 나섰다가 순찰 중이던 라오스 국경 수비대 군인들의 불심검문에 걸린 것이다.

조선족 브로커는 중국 국적의 여권을 갖고 있었기 때문에 즉각 추방되었다.

그렇지만 북한 주민인 6명의 탈북자는 이곳으로 이송되어 감금되었던 것이다.

"브로커가 전혀 개당 없었어야(제대로 못 하다). 내가 듣기로는 다른 사람들은 베트남으로 들어가서리 라오스로 갔다는데 이 브로커는 어케 중국에서 라오스로 곧장 들어왔다는 거이니?"

처음 말을 꺼낸 이지숙이 억울하다는 표정으로 말했다.

"라오스에만 들어가면 안심해도 된다고 주제비(주접)를 떨더이만 이거이 뭐이니?"

이지숙은 눈물을 뚝뚝 흘렸다.

"갯고 있던 아편도 다 **뺏겼으이** 어쩜 좋으니? 죽으려고 해도 방법이 없어야. 으흑흑……!"

화연은 무서움에 떨면서 흐느껴 우는 이지숙을 물끄러미 바라보았다.

"기니끼니 너래 뭐하러 조국을 버리고 도망쳐서리 이 고생을 하는 거이니?"

이지숙은 울음을 뚝 그치고 어이없는 표정으로 화연을 쳐다보았다.

"뭐 하러 탈북을 하다이? 너래 지금 그거이 말이라고 하는 거이니?"

"말이지 않으면?"

이지숙은 발끈해서 조금 언성을 높였다.

"야! 우리 아매하고 아바이, 그리고 내 동생 피죽도 못 먹고 열흘 넘게 배곯다가 굶어죽은 거, 너래 아는 거이니, 모르는 거이니?"

"그렇다고 조국을 배신하는 거이니?"

화연의 차가운 대꾸에 이지숙은 발딱 일어나서 그녀를 손가락질하며 외쳤다.

"야! 정화연! 니 가족은 무사한 모양이구나! 안 그래?"

화연은 입술을 잘근잘근 씹었다.

"우리 아바이도 굶어 죽었다이. 아매는 돈 번다고 두만강

도강해서리 중국 가고… 남동생은 집 나가서 꽃제비가 됐다 하더라. 우리 집도 콩가루야."

"근데도 너래 나더러 조국을 배신했다고 지랄하고 떠드는 거이니?"

이지숙이 눈물을 뚝뚝 흘리면서 목에 핏대를 세우고 악에 받쳐서 소리를 지르자 화연도 눈물이 글썽했다.

"그래도 장군님은 우리 인민을 위해서리 언제나 쪽잠에 죄기밥을 드시고……."

화연의 말도 안 되는 미친 소리에 이지숙은 화가 머리 꼭대기까지 솟구쳤다.

"야! 정화연! 너 아가리 닥치지 못하겠니?"

"……"

"너래 아직도 그런 헛소리를 하는 거이니? 심양 은신처에서 지내면서리 북조선 김정일 개새끼가 얼마나 허무맹랑하게 인민을 속였는지 듣지 못했니?"

화연의 눈에 불꽃이 튀었다.

"너, 이 쌍간나, 장군님께 불경하게……."

두 여자가 떠드는 바람에 잠을 자던 모녀가 깨서 놀란 얼굴로 두리번거렸다.

"너래 중국이 얼마나 잘 사는지 니 눈깔로 똑똑히 보지 앙이 했니? 북조선이 강냉이도 못 먹는 지옥이라면, 중국에서는 개새끼도 이밥을 먹는 거이 너 보지 못했니? 나는 처음에 중국 와서리 개새끼 이밥 먹는 거이 보고서리 개밥 뺏어서 먹었어야!"

"……."

화연은 중국인들이 키우는 개에게 이밥에 고깃국을 말아서 주는 걸 보고 충격을 받았었다.

"그런데 글케 잘사는 중국 떼놈들이 돈 벌러 남조선에 가는 거이 너래 어케 생각하니?"

"남조선은……."

"중국 떼놈들 한 달 월급이 1,000위안인데 그게 북조선 공화국으로 치면 5만 원이라고 하는 거이 너래 들었지? 그런데 공화국에서는 월급 100원 넘는 사람 없다는 거이 너래 어케 생각하는 거이니?"

화연은 말문이 막혔다. 그녀도 중국에서 지내면서 보고 들은 게 많기 때문에 반박의 여지가 없었다.

"그런 중국 떼놈들이 잘사는 선진국 남조선에 돈 벌러 가려고 온갖 수단을 다 부린다는 거이야! 우리가 탈북하는 것처럼 떼놈들도 남조선에 불법으로 들어가고, 가짜 여권을 맹글고 말이야! 떼놈들이 남조선에 가서 일하면 한 달 월급이 중국 돈으로 만 위안이라는 말 너래 들었니? 만 위안이면 공화국 돈으로 도대체 얼마인지 계산이나 되니?"

이지숙은 흥분해서 씨근거리며 열 손가락을 동원하여 계산을 하더니 기가 막히다는 표정을 지었다.

"만 위안이면 공화국 돈으로 오십만 원이다이! 오십만 원! 떼놈들이 기를 쓰고 남조선에 가서 한 달에 버는 월급이 오십만 원이라는 거이 말이나 된다고 생각하니?"

땅땅땅땅!

그때 라오스 경찰이 경찰봉으로 쇠창살을 두드리며 라오스 말로 뭐라고 소리쳤다. 조용하라는 말 같았다.

이지숙은 바닥에 퍼질러 앉아서 목소리를 낮추었다.

"남조선 사람들은 떼놈들 두 배 월급을 받는다고 하더라. 일도 아조 편하고 말이야. 그런데도 공화국에서는 남조선에 거지들만 득실거린다고 거짓 선전만 하고 있으니까니… 참, 한심하다야."

그녀는 화연을 차갑게 노려보았다.

"그러면 너래 어케 조국을 배신하고 탈북한 거이니?"

화연은 이지숙을 마주 쏘아보면서 입술을 깨물며 아무 대꾸도 하지 않았다.

이지숙은 억울하다는 듯 두 손으로 얼굴을 가리고 낮게 흐느껴 울었다.

"으흐윽……! 여기 라오스에 있는 공화국 대사관에서 우릴 넘겨받으면 우린 북송될 거이고… 그러면 모두 총살이야. 남조선에 가려다가 붙잡혔으니까니 영락없이 최고 악질 반동분자 아니갔어……. 어흐응… 흑흑……!"

그녀가 서럽게 울자 모녀도 공포에 떨면서 부둥켜안고 나직이 울음을 터뜨렸다.

"화연아."

그때 쇠창살 쪽에서 누군가 부르는 소리가 났다. 옆 감방에서 정화연을 부르는 것이다.

화연이 천천히 일어나 쇠창살 끄트머리 옆 감방과 가장 가까운 곳으로 다가갔다.

"화연아."

옆 감방 쇠창살에서 그녀를 부르는 사람은 북한에서 같이 탈북한 애인 안명진이다.

"내 말 듣고 있니?"

"말하기요."

안명진의 목소리가 손에 잡힐 듯 가깝게 들렸다. 기실 두 사람이 쇠창살 틈새로 손을 내밀어 뻗으면 서로 맞잡을 수 있을 정도로 가까웠지만 그들은 그러지 않았다.

"늦어도 내일이면 공화국 대사관에서 사람이 올 거이다."

"그걸 성국 동지가 어케 암까?"

그의 이름은 안명진인데도 화영은 그를 스스럼없이 '성국'이라고 불렀다.

"야, 야, 주의하라우. 내 이름은 안명진이야."

화영은 은근히 부아가 치밀었다. 상황이 이 지경이 됐는데도 저 작자는 끝까지 가짜 연인 행세, 가짜 이름에 목숨을 걸고 있다.

"내 말 잘 들어라."

화영은 쇠창살에 서서 안명진, 아니, 김성진의 말에 귀를 기울였다.

"우린 북송되면 안 된다. 알아듣니?"

"듣고 있습다."

"우리한테는 주어진 임무가 있지 않니? 그거이 완수하기 전에 공화국에 붙잡혀 간다는 거이는 수치야. 앙이, 수치 이전에 우린 혁명 사업을 완수하지 못했으니까니 당성 부족으로 철저하게 비판받을 거이다."

그것에 대해서는 화영도 여기에 갇힌 이후 줄곧 생각하고 있었던 일이다.

그녀는 조금 전에 이지숙에게 자기네 집도 콩가루가 됐다고 말했지만 그건 거짓말이다.

그녀가 이지숙이나 심양의 기독교 단체 은신처에서 만난 사람들에게 말한 것들은 죄다 거짓말이다.

우선 그녀의 이름은 정화영이 아니라 박연주다. 김성진이 안명진이라고 가명을 사용한 거처럼 그녀도 가명을 썼다. 실명을 썼다가는 혹시나 정체가 탄로 날지 모르기 때문이다.

"탈출하자우."

김성진이 목소리를 낮추어서 소곤거렸다. 그는 박연주가 아무 말이 없자 듣지 못한 줄 알고 다시 말했다.

"탈출하자는 말 듣지 못했니?"

"들었시오."

"이따 정낭(화장실) 갈 때 놈들을 해치우고 밖으로 탈출하는 거이다. 알아듣니?"

"괜찮갔습까? 그러다가 잘못되면……."

"야, 잘못될 거이 뭐이가 있갔어? 우리가 뉘기야? 그깟 허수아비 같은 라오스 경찰 두 놈 해치우지 못하겠니? 번개같이 해치우고 밖으로 튀는 거야."

그건 김성진 말이 맞다. 여자인 박연주 혼자서도 격투기로 라오스 경찰 정도는 한꺼번에 3명쯤 상대할 수 있다. 물론 상대가 총을 꺼내기 전에 해치울 경우에 말이다.

김성진과 박연주에게 총만 준다면 30분 안에 루앙남타 경찰서를 전멸시킬 수 있을 것이다.

"잘못돼서리 여기에서 라오스 경찰한테 총 맞아 죽는 거이 이대로 공화국에 돌아가서 비판당하고 정치범 수용소에 끌려가는 거보다는 백 배 낫지 않겠니?"

그건 박연주의 생각도 마찬가지이다. 임무를 완수하지 못하고 북한에 돌아가면 박연주는 물론이고 가족까지도 정치범 수용소에 끌려갈 것이 뻔하다.

"자, 얼른 받아라. 손 내밀어라."

박연주가 유치장을 지키는 라오스 경찰의 눈치를 보면서 쇠 창살 틈새로 손을 내밀어 옆 감방 쪽으로 뻗자 손에 김성진의 손이 닿았다.

김성진의 손은 그녀의 손에 뭔가 길쭉한 것 하나를 재빨리 건네주고 사라졌다.

박연주가 급히 손을 움츠리고 살펴보니 끝이 뾰족한 긴 나무젓가락 하나가 쥐어져 있었다.

유치장에서 밥 먹을 때 나누어줬다가 회수하는 라오스인들이 사용하는 나무로 만든 긴 젓가락인데 어떻게 김성진이 갖고 있는지 모를 일이다.

김성진 말은 나무젓가락을 무기로 사용해서 라오스 경찰을 단숨에 죽이라는 뜻이다.

격투기 훈련 때 맨손으로 적의 급소를 쳐서 기절시키거나 즉사시키는 수법을 셀 수도 없이 반복했는데 이런 젓가락이면 훌륭한 무기가 될 것이다.

"명심하라우. 이따 정낭 갈 때 해치우는 거이다."

박연주는 누가 볼까 봐 젓가락을 얼른 허리춤에 꽂고 상의를 덮었다.

"대답 앙이 하겠니?"

"알았습두."

김성진과 박연주는 둘 다 북한 특수부대인 폭풍군단 벼락여단 소속이고, 김성진은 하사, 박연주는 상급 병사로서 특수임무를 띠고 남조선에 잠입하기 위해서 탈북자 무리에 섞여들었다가 지금 상황에 처한 것이다.

두 사람의 임무는 조선민주주의인민공화국의 최고 악질 반동분자이며, 민족의 배신자인 전 청진시 태평무역회사 사장 겸 총정치국 대좌였던 민성환의 처 한유선과 딸 민혜주를 암살하는 것이다.

덜컹! 철컹!

탈북자들이 감금된 양쪽 유치장의 철문이 열렸다.

그런데 뭔가 좀 이상하다. 대변이나 그밖에 씻거나 하는 볼일을 보여주기 위해서 하루에 4번, 취침 전에는 9시에 마지막으로 화장실에 데려가는 것이 5일 동안 변함없었는데 지금은 8시 30분이다.

처처척!

더구나 아까 낮에만 해도 라오스 경찰 2명이 양쪽에서 인솔하여 화장실에 갔었는데 지금은 무려 6명이 탈북자의 전후좌우에서 빙 둘러서서 그것도 소총을 손에 쥔 채 경계를 하고 있다.

"여보, 나그네, 별일 없슴까?"

"아바이."

모녀가 옆 감방에서 나온 두 남자 중에 나이가 많은 쪽을 보고 반갑게 다가갔다.

이들은 일가족이며 함경북도 온성에서 두만강을 넘어 탈북했다가 심양으로 갔었다.

이지숙과 함께 감방에서 나온 박연주는 나이가 27살쯤이고 짧은 머리에 광대뼈가 툭 불거진 강퍅한 인상의 김성진을 힐끗 쳐다보았다.

그녀가 보니까 김성진은 크게 당황한 기색이 역력했다. 화장실 갈 때 라오스 경찰 2명을 해치우고 탈출하려는 작전이었는데 느닷없이 경찰이 6명이나 달려붙은 것이다.

이렇게 되면 계획을 취소할 수밖에 없다. 아무리 젓가락을 지니고 있어도 경찰서 내에서 경찰 6명을 해치우고 탈출하는 것은 불가능한 일이다.

그때 앞쪽의 라오스 경찰이 뭐라고 소리치자 다른 경찰들이 탈북자들을 입구 쪽으로 몰았다.

박연주는 걷기 시작하면서 김성진 옆으로 바싹 다가갔다. 두 사람은 연인 사이로 위장했기 때문에 탈북자들은 아무도 두 사람을 이상하게 여기지 않았다.

행렬이 유치장 밖으로 나가자 김성진의 눈동자가 바쁘게 움직이며 두리번거렸다.

박연주가 예상했던 대로 라오스 경찰들은 화장실을 그냥 지나쳐서 긴 복도를 따라갔다.

다른 탈북자들은 두리번거리면서 불안한 표정으로 자기들끼리 수군거렸다.

모두들 지금 이대로 북한 대사관에 넘겨지는 것이 아닌지 극도의 불안감에 휩싸였다.

저벅저벅…….

라오스 경찰의 군화 발자국 소리가 차갑게 복도를 울렸다.

"이자 어칼 거임까?"

다급해진 박연주가 김성진에게 대놓고 물었다. 상황이 상황이다 보니까 누가 듣든 말든 개의치 않았다.

"니미럴……."

김성진의 얼굴이 밟아버린 만두처럼 일그러졌다. 독종인 그로서도 어떻게 할 방법이 없다.

"좀 더 지켜보자우."

정필과 캄분은 루앙남타 라오스 경찰의 안내에 따라서 경찰서 일 층의 넓은 방으로 들어갔다.

정필은 혹시나 하고 기대했었지만 확인한 결과 라오스 주재 한국 대사관에서는 이곳에 감금된 탈북자들을 구명하기 위해서 아무도 오지 않았다.

이곳에 탈북자들이 감금된 사실을 한국 대사관이 모를 리가 없을 것이다.

그들에게 어떤 사정이 있는지는 모르겠지만 정필로서는 씁쓸하기 짝이 없다.

동포가 타국에서 불법 입국으로 체포, 감금되었는데도 한국 대사관에서 아무런 손을 쓰지 않는다는 것은 한국 정부가 이들을 외면했다는 뜻이기도 하다.

이렇게 무관심한 것이 정부의 탈북자 정책인지 정필은 마음이 착잡하기만 했다.

조금 전 8시쯤에 정필과 캄분이 탈북자 구명을 위해서 늦은 시간에 루앙남타 경찰서에 찾아왔을 때 경찰서의 중간급 간부 한 명이 짜증스럽게 말했다.

"저들은 북한 사람들로서 대한민국에 가기를 원하는데, 어째서 한국 대사관이나 북한 대사관에서 찾아오는 사람이 아무도 없는 것인가? 우리더러 저들을 도대체 어떻게 하라는 것인가? 그냥 중국으로 추방하기를 원하는 건가? 아무도 개입하지 않는다면 우린 탈북자들을 중국으로 추방하는 것을 원칙으로 하고 있다."

그러면서 중간급 간부는 정필더러 탈북자들을 구하고 싶다면 한 명당 1,000달러씩 내고 데려가라고 했다. 그것이 라오스 정부의 방침이라는 것이다.

그게 방침이든, 돈을 받아서 이들 경찰이 착복을 하든 정필은 알 바가 아니다.

그로서는 돈을 내고 탈북자들을 구할 수 있다는 사실이 그저 고맙기 짝이 없을 뿐이다.

정필이 나중에 알게 된 사실이지만, 라오스에서는 탈북자들을 체포했을 때 한국 교민 단체 북녘이나 한국 대사관에서 탈북자 한 명당 얼마씩 돈을 지불해서 석방해 준 전례가 여러 번 있었다고 한다.

지금까지 탈북자 한 명당 지불된 최고 금액은 300달러였다고 하는데 정필은 그 3배 이상을 지불한 것이다.

그러나 정필로서는 300달러든, 1,000달러든 상관없다. 설사 한 명당 만 달러를 내라고 했어도 그는 기꺼이 지불했을 것이다.

지금 정필과 캄분이 있는 크고 넓은 방에는 오른쪽에 창문이 하나 있을 뿐, 가구나 책상 따위가 하나도 없이 그저 텅 빈 방이었다.

정필과 캄분은 조금 전에 들어온 문을 등지고 나란히 서 있으며, 그 옆에는 그에게 돈을 요구했던 루앙남타 경찰서 중간급 간부가 뒷짐을 지고 서 있었다.

그때 정필의 왼쪽 문밖에서 군홧발 소리가 어지럽게 들려오더니 잠시 후 문이 벌컥 열렸다.

척!

그러고는 한눈에도 탈북자처럼 보이는 사람들이 불안한 표정으로 한 명씩 차례로 들어섰다.

그들은 한쪽에 나란히 서 있는 세 사람 중에서 특히 정필을 힐끗거리면서 실내에 들어와 라오스 경찰에 의해 일렬로 길게 늘어섰다.

탈북자들은 자신들을 둘러싼 사람들 중에서 유일한 동족처럼 보이는 정필을 뚫어지게 주시했다.

그가 누구인지, 이곳에는 무엇하러 왔으며 또 자신들의 운명은 어떻게 될 것인지 피를 말리는 듯한 표정으로 정필을 바라보았다.

중간급 간부는 어차피 자신이 라오스어로 말해도 탈북자들이 알아듣지 못할 테니까 힐끗 정필을 쳐다보면서 그에게 말하라고 했다.

"Speak."

정필은 한 걸음 앞으로 나서서 말문을 열었다.

"나는 대한민국 사람이며 최정필이라고 합니다. 여러분을 모셔가려고 왔습니다."

크게 놀라는 탈북자들 사이에서 아… 하는 나지막한 탄성이 흘러나왔다.

"참말로… 남조선 사람임까?"

이지숙이 기대감과 초조함이 뒤섞인 표정으로 두 손을 가슴에 모으고 물었다.

정필은 부드럽게 미소 지으며 고개를 끄떡였다.

"그렇습니다."

온성에서 탈북한 일가족의 가장 함홍철이 의심스러운 표정으로 재차 물었다.

"공화국 대사관에서 온 거이 아니오?"

"아닙니다."

탈북자들은 한편으로는 기쁘면서도, 한편으로는 의심의 표정을 지우지 않았다.

이런 경험을 한 번도 해본 적이 없기 때문에 제대로 분간이 서지 않는 것이다.

그래서 북한 대사관에서 데리러 왔다고 하면 자신들이 반항할까 봐 거짓말을 하는 것인지도 모른다고 의심을 했다.

그러나 김성진과 박연주는 정필을 처음 보는 순간 그가 북한 사람이 아니라는 것을 한눈에 알아차렸다.

북한 사람은 어딘가 모르게 티가 나는데 정필에겐 전혀 그런 게 없었다.

그렇지만 김성진과 박연주는 속으로만 기뻐할 뿐 겉으로는 시치미를 떼고 있었다.

"선생이 남조선 사람이라는 증거를 대보기요."

함홍철이 한 발도 양보할 수 없다는 듯 다부지게 말했다. 그에겐 생사가 걸린 문제니까 당연했다.

정필은 자신이 탈북자들을 구하러 왔다고 말하면 이들이 뛸 듯이 기뻐할 것이라고만 예상했었지 이런 일이 생길 거라고는 조금도 예상하지 못했었다.

캄분을 비롯하여 중간급 간부까지 라오스인들은 정필과 탈북자들이 무슨 얘기를 나누는지도 모르고 그저 묵묵히 기다리기만 했다.

정필은 6명의 탈북자를 천천히 둘러본 다음에 말문을 열었다.

"여러분이 의심을 하기 시작한다면 내가 어떤 증거를 댄다고 해도 의심이 지워지지 않을 것입니다."

정필의 조용한 목소리가 이어졌다.

"라오스 경찰은 여러분을 태국으로 추방하기로 결정했기 때문에 내일 아침 여러분을 차에 태워서 태국으로 이송할 것입니다. 그러면 태국 쪽 국경 검문소에 누군가 나와서 기다리고 있을 테니 그 사람과 함께 가면 당분간 방콕에 머물다가 추후 대한민국으로 갈 수 있습니다."

정필은 탈북자들의 의심을 풀려고 애쓰지 않았다. 그렇지만 그가 말을 하는 동안 탈북자들은 그에게서 진실성을 느끼게 되었다.

"내가 여러분을 만나려고 한 것은 여러분이 아무 탈 없이 잘 계시는지, 라오스 경찰이 여러분에게 못된 짓을 하지는 않았는지 확인하기 위해서였습니다."

"이보시오. 선생이 라오스 경찰한테 어떻게 했기에 이들이 우리를 태국으로 추방하는 거임까?"

정필의 말을 어느 정도 믿게 된 함흥철이 묻자 정필은 조용히 대답했다.

"벌금을 냈습니다."

"얼마임까?"

"일인당 1,000달러입니다."

"아아……."

"그렇게 많은 돈을……."

이지숙이 열띤 표정으로 물었다.

"선생님은 한국 대사관에서 오셨습까?"

"아닙니다."

탈북자들이 놀라서 술렁거릴 때 정필은 가볍게 고개를 숙여 인사했다.

"여러분, 편한 여행이 되길 바랍니다."

정필과 캄분은 몸을 돌려 방을 나갔다.

정필의 말대로 6명의 달북사는 다음 날 아침 8시에 소형 버스에 태워져 이동을 시작했다.

라오스 북부 루앙남타에서 수도 비엔티엔까지 670㎞를 23시간 동안 쉬엄쉬엄 달려서 다음 날, 즉 1월 30일 아침에 비엔티엔에 도착했다.

거기에서 곧장 15㎞ 떨어진 비엔티엔 동쪽의 소도시 동포시로 가서 메콩강에 가로놓인 타이—라오스 프랜드쉽브리지를 건너 태국 농카이로 입국했다.

6명의 탈북자들은 루앙남타를 출발해서 태국 농카이까지 오는 동안 마치 소풍이라도 가는 것 같은 기분을 한껏 누릴 수 있었다.

정필이 탈북자들을 이송하는 경찰에게 따로 1,000달러를 경비로 준 덕분이다.

그 1,000달러를 운전하는 경찰을 포함하여 이송경찰 4명이 일인당 200달러씩 나누어 가졌다.

그리고 나머지 200달러로 탈북자들과 이송 경찰 모두는 들르는 곳마다 맛있는 요리들을 배불리 사먹고 경치를 구경하며 여행을 즐겼다.

*   *   *

태국 국경 도시 농카이에서 6명의 탈북자를 기다리고 있는 사람은 정필의 연락을 받고 나온 방콕의 한국 교민 단체 북녘의 일꾼들이었다.

탈북자들은 태국 국경 검문소를 통과한 직후 경찰의 조사를 받은 후에 난민으로 인정되었다.

직후 대기하고 있던 북녘 사람들에게 인도되어 그들이 준비한 소형 버스를 타고 방콕으로 향했다.

"이보시오."

소형 버스 안에서 일가족의 가장인 함홍철이 북녘 사람에게 물었다.

"듣기로는 북조선 사람이 태국에 들어가면 경찰이 데려간다고 하던데 우리는 어째서 앙이 그런 거요?"

북녘 사람이 미소 지으며 친절하게 대답했다.

"두 가지 이유 때문입니다. 첫째, 강력한 힘을 갖고 있는 분이 여러분을 우리에게 넘겨줄 것을 태국 정부에 요청했으며, 둘째, 탈북자들이 지낼 수 있는 장소, 즉 안전 가옥이 따로 있는 경우에는 태국 경찰의 묵인하에 그 장소에서 지낼 수가 있습니다."

"아… 그런 거이오?"

이번에는 음료수를 마시고 있던 이지숙이 물었다.

"우리를 넘기라고 한 그 강력한 사람이 누굼까?"

북녘 사람은 환하게 미소 지으며 대답했다.

"미카엘 님입니다. 북한 분들에겐 검은 천사라고 더 잘 알려진 분입니다."

"아아… 검은 천사……."

"미카엘 님이……."

6명의 탈북자는 자신들이 묵었던 심양의 기독교 단체 은신처에서 미카엘이라고도 하고 검은 천사라고도 부르는 신출귀몰(神出鬼沒)한 사람의 눈부신 영웅담에 대해서 귀가 따갑도록 들었었다.

"여러분들이 방콕에서 편히 쉴 수 있도록 안전 가옥을 마련해주신 분도 미카엘 님입니다."

함홍철이 잔뜩 궁금한 얼굴로 물었다.

"혹시 말이오. 라오스 루앙남타 경찰서에서 우릴 구해준 분이 누구인지 아시오?"

"글쎄요. 그분 이름이 뭐라고 하시던가요?"

"최정필이라고 했슴다."

북녘 사람들이 명랑한 웃음을 터뜨렸다.

"하하하하! 최정필 님이 바로 미카엘 님이십니다! 이제 보니 그분이 여러분을 구하러 루앙남타에 직접 가셨군요? 정말 대단한 분입니다! 동에 번쩍 서에 번쩍 하는군요!"

"아하하하! 여러분은 전설 같은 미카엘 님을 바로 눈앞에서 만났었군요!"

탈북자들은 수만 볼트의 전류가 정수리에 꽂히는 것 같은 엄청난 충격을 받았다.

미카엘, 검은 천사를 코앞에 두고서도 공화국 대사관에서 나온 사람이 아니냐, 남조선 사람이라는 증거를 대보라느니 소란을 피웠으니 함홍철과 이지숙 등은 너무 부끄러워서 쥐구멍이라도 들어가고 싶은 심정이다.

경악하기로 친다면 암살조의 일원인 김성진과 박연주도 마찬가지다.

미카엘 혹은 검은 천사는 암살조의 조장인 우승희 중사가 제압해서 매수하거나 죽이는 임무를 맡았다.

그런데 그 검은 천사가 연길에서 수천 km 떨어진 라오스에 있으며, 민성환의 아내 한유선과 그의 딸 민혜주를 죽이러 가는 김성진과 박연주를 구해주었다. 이거야말로 운명의 아이러니가 아닐 수 없다.

그때 함홍철의 딸이 감탄하면서 말했다.

"야아! 고조 우리 장군님만 동에 번쩍, 서에 번쩍 하시는 줄 알았더니 검은 천사님도 축지법을 쓰시나봅다!"

북녘 사람이 웃으면서 물었다.

"그게 무슨 말이니?"

소녀는 설교하듯이 대답했다.

"공화국에는 '상군님 축지법 쓰신다'라는 노래가 있다는 말임다. 고거이 어케 하는가 하믄."

그러면서 소녀는 두 손을 허리에 얹고 제비 새끼처럼 입술을 나불거리며 노래를 불렀다.

축지법 축지법 장군님 쓰신다
동에 번쩍 서에 번쩍 천하를 쥐락펴락
방선천리 주름잡아 장군님 가신다
수령님 쓰시던 축지법
오늘은 장군님 쓰신다

철없는 소녀의 노랫소리에 탈북자들과 북녘 사람들은 씁쓸한 표정을 지었다.

1월 31일, 루앙남타에 갇혀 있던 6명의 탈북자가 무사히 방콕의 안가에 도착하여 꿀맛 같은 하룻밤을 보내고 난 다음날 아침에 정필은 팁랑과 함께 태국 숩루악으로 넘어가기 위해서 메콩강 라오스 쪽 반파크른으로 갔다.

캄분은 일이 있어서 비엔티엔에 갔기 때문에 그의 아내 팁랑과 같이 행동했다.

정필은 아직 이곳 물정이나 지리에 서툴고 태국 말을 모르기 때문에 누군가의 지원이 필요하다.

정필과 팁랑은 라오스 쪽 반파크른 국경 검문소 앞에 줄을 섰다.

정필이 특별 외교 신분증을 보이면 라오스 국경 검문소에서는 줄을 서지 않고 무사통과할 수 있다.

하지만 그렇게 되면 국경 검문소 책임 장교와 군인들이 한바탕 법석을 떨 테고, 그러면 태국 숍루악의 출입국 사무소에서도 눈치를 채고 들썩거릴 것이기 때문에 조용히 건너가려는 것이다.

사실 정필이 캄분과 루앙남타에 다녀오는 동안, 그리고 다녀온 후에도 캄분네 집으로 태국 치앙라이 주지사의 전화가 빗발치듯 걸려왔었다.

치앙라이 주지사는 정필이 치앙라이에 투자해 줄 것을 요구하고 있지만 아직 정필은 준비가 되지 않았다.

지금 그는 타완림콩으로 가려는 중이고, 그곳에 가야지만 재영이나 옥단카의 전화를 받을 수 있으며, 중국으로 전화도 할 수가 있다.

정필이 치앙라이 주지사를 만나서 한가하게 투자에 대해서 대화를 하는 것은 재영과 동수가 곤명에서 13명의 탈북자를 제대로 만나고, 또 무사히 옥단카를 만났다는 전화를 받은 이후가 될 것이다.

　무사히 숨루악에 도착한 정필과 팁랑은 타완림콩을 향해 나란히 거리를 걸어갔다.

　아침 9시 무렵, 한가한 거리에는 책가방을 멘 태국 아이들이 삼삼오오 무리를 지어 재잘거리면서 정필과 팁랑을 지나쳐 갔다.

　팁랑의 반짝거리는 시선이 줄곧 아이들을 좇았다.

　"팁랑 씨, 아이들은 몇 살입니까?"

　정필의 물음에 팁랑은 시선을 거두고 그를 바라보았다.

　"딸은 8살이고 아들은 5살이에요. 딸은 반파크른에 있는 초등학교에 다니고 있어요."

　"통펑에는 초등학교가 없습니까?"

　"없어요."

　팁랑은 쓸쓸하게 말했다.

　"반파크른에도 초등학교가 하나뿐이에요. 그래서 인근 마을의 아이들이 다 몰려오는 탓에 항상 바글거려요."

　라오스는 대한민국의 1960년대 열악했던 환경과 매우 흡사하다. 1인당 국민소득이 600달러에 불과할 정도다. 그런 탓에 사회 전반적인 것들이 많이 뒤떨어졌지만 특히 교육 문제는 더욱 심각하다.

아이들을 가르칠 선생은 많지만 정부가 가난해서 학교를 세울 엄두를 내지 못하는 실정이다.

"딸 이름이 뭡니까?"

"카오예요."

두 사람이 걸어가는 저만치 앞쪽에 타완림콩 레스토랑이 보였다.

"그럼 캄분이 카오를 학교에 태워줍니까?"

팁랑은 손을 저었다.

"그렇지 않아요. 카오는 마을의 친구들과 함께 어울려서 학교까지 걸어서 가요."

정필은 조금 놀랐다.

"반파크른까지는 6㎞나 되는데 조그만 아이가 걸어서 다닌다는 말입니까?"

"남편은 늘 바쁘고 피곤하기 때문에 카오를 학교까지 태워줄 겨를이 없어요."

그런 상황이었는데 캄분이 정필을 만난 이후로는 예전보다 훨씬 더 바빠져서 카오를 학교에 태워줄 가능성은 더욱 희박해져 버렸다.

"저 어제 두 가지 꿈을 꾸었어요."

팁랑이 갑자기 손으로 입을 가리고 수줍게 웃었다.

"무슨 꿈입니까?"

"무슨 꿈일 것 같아요?"

정필하고 많이 친해진 팁랑이 자기보다 머리 하나 이상 더 큰 정필을 해맑게 올려다보았다.

"글쎄요. 돈이 생기는 꿈인가요?"

"맞았어요!"

팁랑이 기쁜 얼굴로 탄성을 터뜨렸다.

"어젯밤에 똥 꿈하고 뱀 꿈을 꿨어요."

"똥 꿈하고 뱀 꿈?"

"제가 엄청 굵은 똥을 누는 꿈이었어요."

그렇게 말하면서 팁랑은 얼굴이 빨개졌다.

"제가 정필 씨하고 많이 친해졌나 봐요. 이런 얘기까지 다 하고 말이에요."

"라오스에서도 똥 꿈을 꾸면 돈이 생긴다는 뜻입니까?"

"그래요. 한국도 그런가요?"

"그렇습니다."

짝!

팁랑은 신기하다는 듯 손뼉을 쳤다.

"한국에서 뱀 꿈을 꾸면 무슨 일이 생긴다고 하나요?"

정필은 고개를 갸웃거렸다.

"그건 모르겠습니다."

그때 팁랑이 발을 헛디뎌서 도로 쪽으로 몸이 기우뚱했고,

때마침 트럭 한 대가 그녀를 향해 돌진했다.

"앗!"

부우웅!

정필은 재빨리 팔을 뻗어서 팁랑의 허리를 낚아채서 자신 쪽으로 잡아끌었다.

트럭은 쏜살같이 스쳐 지나쳤고, 팁랑은 두 발이 허공에 뜬 채 정필에게 안겨서 놀란 얼굴로 숨을 할딱거렸다.

"아아……."

키가 155㎝밖에 안 되는 데다 마른 체구인 팁랑이 건장한 정필에게 안겨 있으니까 마치 아빠에게 안겨 있는 어린 딸처럼 보였다.

"괜찮습니까?"

"아아… 고마워요. 큰일 날 뻔했어요."

딸랑…….

두 사람은 타완림콩에 들어섰다.

정필과 팁랑은 한스 부부, 그리고 그의 딸 커플과 발코니의 테이블에 마주 앉았다.

정필은 숩루악에 호텔을 지을 구상을 했다. 타완림콩이 도움이 되기는 하지만 객실 수가 적어서 탈북자가 10명만 넘어도 북적거렸고 다른 손님을 받지 못하는 일이 발생한다.

또한 언제까지나 공짜로 타완림콩을 사용할 수는 없는 노릇이다. 한스 부부는 한사코 괜찮다고 말하지만 정필은 한스 부부에게 폐를 끼치는 것 같아서 마음이 편하지 않다.

지난번에 이곳에 머물렀던 22명의 탈북자 숙식비만 해도 꽤 나왔을 텐데 한스 부부는 한 푼도 받지 않았으며 탈북자들과 헤어질 때 아쉬워서 눈물을 흘리기도 했었다. 정말 좋은 사람들이다.

지금 한스 부부와 딸 커플은 몹시 놀라는 표정으로 정필을 바라보고 있다.

방금 전에 정필이 숨루악에 호텔을 지을 것이라는 얘기를 했으며, 그 호텔을 한스 부부에게 맡아달라고 부탁을 했기 때문이다.

"정필 씨."

"부탁합니다."

한참 만에 한스가 말을 하려는데 정필이 꾸벅 고개를 숙이며 재차 정중하게 부탁했다.

그러나 한스는 정색을 하며 거절했다.

"나는 아내와 함께 라오스가 좋아서 이곳에서 편안하게 여생을 보내기 위해서 왔습니다. 호텔 일은 잘 알지도 못하고 그것 때문에 우리 부부의 생활이 침해받는 것은 원하지 않습니다."

한스가 고사(固辭)를 하면 정필로선 숨루악에 세울 호텔을 맡길 마땅한 사람이 없어서 난감하다.

그렇다고 호텔을 지어서 치앙라이 주지사에게 '여기 있습니다' 하고 헌납하는 건 있을 수도 없는 일이다. 또한 캄분과 민효중은 라오스 쪽 관광사업, 즉 탈북자 이송을 맡고 있기 때문에 숩루악은 신경 쓸 겨를이 없다.

"대신 내가 쓸 만한 인재 한 사람을 소개하겠습니다."

그런데 한스가 빙그레 미소를 지었다.

정필은 기대하는 표정을 지었다.

"누굽니까?"

한스는 자신의 왼쪽에 앉은 딸 옆 그녀의 애인을 가리켰다.

"내 생각에는 그 일에 운터가 적격입니다."

"그렇습니까?"

"운터는 독일의 명문인 베를린 훔볼트대학교의 경영대학원을 수료했습니다."

"오!"

30대 초반의 나이에 근사한 금빛 구레나룻을 기른 다비드상 같은 외모의 운터는 약간 수줍은 미소를 지었다.

한스는 진중한 표정을 지었다.

"문제는 운터가 호텔을 맡아주느냐는 것입니다. 그는 영국의 선박 회사에 스카우트되어 열흘 후에 첫 출근을 해야 하는데, 이곳에는 내 딸 브룬힐데를 만나러 온 것입니다."

정필은 한스의 딸 브룬힐데의 연인 운터 폰 막스를 처음 봤을 때 범상한 사람이 아니라고 생각했었다.

그는 진정 어린 표정으로 운터를 바라보며 부탁했다.

"미스터 막스, 호텔을 맡아 주겠습니까?"

운터는 복잡한 표정을 지었다.

그러자 젊고 아름다운 브룬힐데가 상냥한 미소를 지으며 운터에게 말했다.

"운터가 정필 씨의 호텔을 맡겠다면 당신의 청혼을 받아들이겠어요."

"브룬힐데!"

운터는 기쁜 탄성을 터뜨렸다.

사실 네덜란드 암스테르담에서의 회사 생활을 접고 타완림콩에서 부모님을 도우면서 머물고 있는 브룬힐데에게 청혼을 하러 왔다가 그녀에게 '아직은 결혼하고 싶지 않다'는 대답을 듣고 힘이 빠졌던 운터는 낭떠러지에서 떨어지기 직전에 밧줄을 하나 붙잡았다.

"브룬힐데가 나와 결혼해 준다면 당신이 있는 곳이 바로 나의 평생 직장이야."

운터는 정필의 손을 덥석 잡고 흔들었다.

"정필 씨! 부탁입니다! 부디 제가 그 호텔의 매니저가 되게 해주십시오!"

오늘따라 저녁나절인데도 타완림콩 레스토랑에는 손님이 한 명도 없어서 한산하다.

정필과 팁랑은 저녁 8시에 반파크른으로 건너가는 마지막 배를 타야 하는데 6시가 지나고 있는 지금까지 정필을 찾는 전화가 없다.

아니, 타완림콩의 전화 자체가 벌써 몇 시간째 아예 울리지를 않는다.

이틀 전, 캄분이 전화로 알아본 바에 의하면 비엔티엔을 출발하여 곤명까지 가는 국제 버스가 타이창에 다음 날 새벽 2시에 도착한다고 했었다.

타이창에서 곤명까지는 1,200㎞ 정도인데 산악 지대와 밀림 지대를 통과하기 때문에 도로가 많이 구불구불 돌아서 38시간 쯤 소요된다고 했다.

그렇다면 재영과 동수가 오늘 오후 4시쯤에는 곤명에 도착했어야 하는데 6시가 된 지금까지 아무런 연락이 없다.

국제 버스가 연착을 했을 수도 있고 곤명에 도착한 재영과 동수가 길이 엇갈려서 아직 탈북자들과 만나지 못했을 수도 있다.

그밖에 다른 변수들도 있겠지만 정필로서는 그게 무엇인지 상상할 수가 없다.

연길을 출발한 13명의 탈북자는 오늘 저녁 즈음에 곤명에 도착한다고 했는데, 만약 재영과 동수를 만나지 못한다면 그들은 곤명에서 미아가 돼버리고 만다. 그러고는 최악의 경우 중국 공안에 체포될지도 모른다.

한스 부인 혜더와 딸 브룬힐데가 근사한 저녁을 만들어왔지만 일행은 초조함 때문에 요리를 먹는 둥, 마는 둥하고 맥주잔을 기울이고 있다.

뚜르르르르—

그때 카운터의 전화와 정필 일행이 앉아 있는 테이블의 무선전화기가 동시에 울렸다.

깜짝 놀란 브룬힐데가 무선전화기를 집어서 얼른 정필에게 내밀었다.

정필이 무선전화기를 귀에 대자 초조함이 진득하게 배어 있는 젊은 여자의 목소리가 다급하게 흘러나왔다.

—이보시오!

"네, 여보세요! 말씀하세요!"

정필은 함북 사투리를 듣고 전화를 한 사람이 탈북자 중에 한 사람일 거라고 생각했다.

정필은 루앙남타에서 돌아온 다음 날 아침에 연길로 전화를 해서 이곳 타완림콩의 전화번호를 가르쳐 주었다. 그러니까 곤명에 도착한 탈북자들도 타완림콩 전화번호를 알고 있을 것이다.

—거기 태국임까?

정필은 전화선을 타고 들려오는 젊은 여자의 목소리가 조금 귀에 익었다.

"너 향미니?"

—옴마야!

젊은 여자가 화들짝 놀라더니 곧 비명을 질렀다.

—정필 오라바이임까?

"그래, 나다."

—야아~ 정필 오라바이……! 어흑흑……!

향미는 전화를 받은 사람이 정필이라는 걸 확인하고는 와락 울음부터 터뜨렸다.

타완림콩으로 전화를 건 사람은 다름 아닌 향숙의 막내 여동생 향미였다.

"향미야, 무슨 일이니?"

—으흐흑……! 정필 오라바이……! 저 곤명에 왔습다……!

"뭐어?"

정필은 향미가 연길 김길우네 집에서 전화를 걸었을 것이라고 짐작했었다. 그런데 그녀가 지금 곤명에 있다니 놀라지 않을 수가 없다.

"향미야! 너 어떻게 된 거냐?"

―저 대한민국에 있는 큰언니 보고 싶어서 출발했슴다……!
오라바이, 저희들 오라바이만 믿고 왔으니까니 대한민국으로
보내주시라요……!

"어……."

정필은 기가 막혀서 말이 나오지 않았다.

연길 베드로의 집이나 흑천상사에 머물고 있는 탈북자들은
보통 2~3달 정도 지나서 중국 물정에 익숙해져야지만 한국행
을 떠났었다.

그런데 향미는 이번 달 15일에 정필이 연길 창녀촌 예화툰
에서 재회와 함께 구해왔으니까 이제 겨우 보름 남짓 지났을
뿐인데 대한민국에 가겠다고 덜컥 길을 나선 것이다.

하긴 그녀는 중국에서 오래 생활을 했으니까 중국 물정이
라면 잘 터득하고 있을 것이다.

"향미야, 너희들 거기 언제 도착했니?"

―오라바이, 우리들 여기 도착한 지 30분이 넘었슴다. 목사
님 말씀으로는 오라바이가 보낸 분을 여기에서 만날 거라고
했는데 아무도 없슴다.

"거기 곤명 어디냐?"

―버스 정류소임다.

13명이나 되는 탈북자가 버스 터미널에서 30분 동안 서성거
리고 있는 건 위험하기 짝이 없다.

중국 공안들이 버스 터미널 같은 곳에 많이 깔려 있기 때문에 탈북자들이 조금만 이상하게 보이면 즉각 검문을 당하고 말 것이다.

그나마 다행인 것은 정필의 노력으로 연길의 대부분 탈북자가 중국 공민증을 갖고 있기 때문에 검문에 걸려도 몇 마디 중국 말만 잘 하면 괜찮을 것이다.

그렇더라도 13명의 탈북자가 밤이 되어 가는 시간에 곤명에서 한데 모여서 꾸물거리고 있는 것은 위험하다.

"향미야, 다들 거기에서 나가라. 그래서 서너 명씩 뭉쳐서 흩어져 근처의 식당 같은 곳에 들어가서 밥 먹으면서 기다려라. 알겠니?"

―오라바이, 지금 밥이 목구멍에 넘어감까?

"어느 식당에 들어갔다고 향미, 네가 나한테 전화를 한 번 더 해주면, 내가 보낸 사람들에게 그곳으로 가라고 알려주겠다. 알았니?"

―네, 오라바이.

"그래. 용감하구나, 향미야."

뚜르르르…….

정필이 전화를 끊자마자 다시 전화벨이 울렸다.

그런데 받으니까 장중환 목사다. 13명의 탈북자와 정필이 보낸 사람이 제대로 만났느냐고 묻기에 현재 상황을 대충 설명해 주고 얼른 끊었다.

정필은 팁랑과 한스 부부들에게 조금 전 향미하고의 전화 통화 내용을 간추려서 설명해 주었다.

"아… 어떻게 된 걸까요?"

눈부신 금발에 코발트빛 신비로운 눈을 지닌 브룬힐데가 두 손을 모으고 걱정스럽게 중얼거렸다.

한스가 굳은 얼굴로 말했다.

"레퓨지들은 곤명이 낯선 곳이고, 또 옷차림도 특이할 테니까 금세 사람들 눈에 띌 겁니다."

한스는 언제나 탈북자들을 '레퓨지(난민)'라고 표현했다.

"미스터 고(재영)는 그곳에서는 이방인이니까 그들 역시 사람들 눈에 잘 띌 겁니다."

정필도 그런 생각을 하지 않은 건 아니었지만 당시로서는 선택의 여지가 없었다.

설혹 정필과 김길우가 갔다고 해도 외지인이기는 마찬가지니까 별 차이는 없었을 것이다.

"휴우……."

입술이 바싹바싹 타니까 정필의 입에서 저절로 한숨이 흘러나왔다.

뚜르르르…….

정필이 갈증을 맥주로 적시고 있을 때, 또다시 전화벨이 울렸다.

정필은 급히 통화 버튼을 누르고 외쳤다.

"팀장님이십니까?"

그런데 무선전화기에서 흘러나온 목소리는 재영의 것이 아니라 전혀 뜻밖의 사람이다.

─준샹!

"옥단카!"

─준샹! 옥단카, 곤명 왔다!

전화를 한 사람은 어이없게도 옥단카였다.

베트남 밀림을 통과해서 지금쯤 중국 운남성 최남단 김평에 도착했다고 해도 대단하다고 칭찬을 아끼지 않을 판국인데, 옥단카가 놀랍게도 곤명에 도착했다는 것이다.

과연 최고의 미린지샹이다.

그렇지만 놀라는 것은 다음 문제다. 지금은 어떻게 하든지 향미를 비롯한 13명의 탈북자하고 옥단카를 연결시켜 줘야만 한다.

"옥단카! 기다려라!"

─옥단카, 기다려라.

정필의 말을 옥단카가 앵무새처럼 반복했다.

정필은 무선전화기를 급히 팀랑에게 넘겨주었다. 옥단카는 라오어를 잘 하기 때문이다.

"옥단카에게 향미가 있는 식당을 가르쳐 주십시오. 이름이 '운남인가'입니다."

틴랑이 라오어로 정필의 말을 두 번 반복해서 전해주었다.

"그 식당으로 가서 향미를 만나라고 하십시오."

틴랑이 전화를 끊자마자 정필은 향미가 있는 식당 '운남인 가'에 전화를 해서 손님 중에 향미를 찾아달라고 서툰 중국 말로 더듬거렸는데, 다행히 식당 종업원이 알아들었는지 잠시 후에 향미가 전화를 받았다.

"향미야!"

—오라바이!

전화가 아주 잘 들리는데도 두 사람은 흥분해서 서로에게 고함을 질러댔다.

"향미, 너 중국 말 할 줄 아니?"

—할 줄 암다!

"고함지르지 마라."

정필은 향미가 악을 쓰면 식당 사람들이 놀랄 거라는 생각 을 비로소 하게 되었다.

"향미야, 잘 들어라. 지금 그 식당으로 어떤 여자아이가 찾 아갈 거다."

—남자가 앙이고 에미나임까?

"그래. 열 남자보다 훨씬 나은 여자아이다. 이름은 옥단카인데 키가 작고 아주 예쁜 아이다. 걔를 만난 다음에 다시 전화해라."

─알았슴다.

전화를 끊으려다가 향미가 급히 말했다.

─아! 저기 오라바이가 말한 쪼꼬만 여자아이가 들어오는 것 같슴다.

"그래?"

옥단카가 처음에 어디에서 전화를 했는지는 몰라도 정말이지 총알처럼 식당 운남인가로 찾아갔다.

─오라바이, 그 에미나이가 선녀처럼 예쁨까?

"그래, 맞다."

─옴마야… 사람이 어케 저리 예쁨까? 사람 맞슴까?

정필은 탈북자들을 곤명에서 더 이상 지체하도록 하는 것은 위험하다고 판단하여 옥단카의 인솔하에 홍하현 멍쯔시로 가라고 지시했다.

저녁 7시 30분이 되도록 재영과 동수에게서 전화가 오지 않았기 때문에 정필과 팁랑은 타완림콩을 떠나지 못한 채 발이 묶였다.

옥단카는 홍하현 멍쯔시에 무사히 도착해서 밤을 지낼 곳을 마련하면 전화를 한다고 했다.

옥단카하고 통화를 하려면 팁랑이 필요하기 때문에 그녀도 붙잡혀 있는 형편이다.

통평 집에는 캄분과 팁랑의 두 분 어머니와 처제들이 있기 때문에 아이들은 걱정하지 않아도 된다.

또한 비엔티엔에 민효중을 만나러 간 캄분은 지금 통평으로 돌아오는 중이라고 타완림콩으로 전화가 왔었다.

정필은 민효중에게 22명의 탈북자를 버스로 방콕까지 태워다준 후에 방콕에서 질 좋은 외제 차량들을 사오라고 주문을 했었다.

정필은 보케오 분후앙 주지사에게 호텔 신축과 관광사업을 하겠다고 약속했으며, 현재로서 가장 시급한 것이 차량을 확보하는 일이다.

민효중은 방콕 자동차 중고 시장에서 대형 버스와 소형 버스, 미니버스, 승용차, SUV 등 총 15대를 1차로 구매해서 태국 운전수들을 고용하여 캄분과 함께 통평으로 이끌고 오는 중이다.

한스 부인 헤더와 딸 브룬힐데가 식은 요리를 치우고 간단한 두세 가지 요리를 다시 내왔을 때 무선전화기가 울렸다.

뚜르르르르……

옥단카가 향미를 비롯한 탈북자들을 이끌고 홍하현으로 출발한 지 2시간이 지났다.

곤명에서 홍하현 멍쯔시까지는 270㎞이며 도로 사정이 좋아서 3시간 30분 정도 걸린다고 했으니까 옥단카의 전화는 아닐 것이다.

"여보세요!"

전화를 받는 정필의 목소리가 커졌다.

팁랑과 한스 부부, 브룬힐데, 운터는 긴장이 역력한 표정으로 정필을 주시했다.

―최정필!

"팀장님!"

재영의 목소리다. 화가 났는지 크고 거친 목소리를 토해내고 있다.

―빌어먹을! 국제 버스가 연착했다. 베트남 밀림의 산악 도로에서 바위가 굴러 떨어져서 도로를 막고 있는 바람에 4시간이나 늦었다.

"지금 거기 어딥니까?"

―곤명 버스 터미널이다! 사람들은 어디에 있는 거냐?

재영하고 미리 통화가 됐다면 곤명까지 오지 말고 홍하현 멍쯔시에서 버스를 내리라고 알려줬을 것이다.

"멍쯔로 갔습니다!"

―멍쯔? 홍하현 말이냐?

"네."

재영은 벌컥 화를 냈다.

—어쩌자고 자기들끼리 멋대로 행동하는 거야? 그 사람들 여기 지리 전혀 모르잖아!

"옥단카가 인솔하고 있습니다."

—…….

옥단카라는 말에 재영이 말을 잃었다.

"6시 20분쯤에 곤명에 도착한 옥단카가 13명을 데리고 홍하현으로 이동했습니다."

—오… 옥단카가 말이냐? 그 인형 같은 꼬맹이?

"그렇습니다."

—최정필, 너 지금 나 놀리는 거 아니지?

재영으로서는 정필이 자길 놀리는 것으로 여길 만도 하다. 국제 버스가 연착을 하긴 했지만 사람인 옥단카가 버스보다 빨리 곤명에 도착할 리가 없기 때문이다.

"놀리는 거 아닙니다."

—허어… 이거…….

재영은 말을 잇지 못했다.

"팀장님, 지금 즉시 멍쯔시로 가십시오."

—음, 알았다.

"옥단카가 멍쯔시에 도착하면 전화하기로 했으니까 팀장님도 멍쯔시에 도착하는 대로 전화하십시오."

　─최정필.

"말씀하십시오."

　─이거 실화지?

재영이 다시 한 번 확인했다. 그만큼 믿어지지 않는 일이기 때문이다.

"실화입니다. 팀장님이 이렇게 어영부영하는 사이에 옥단카는 김평까지 갈지도 모릅니다."

　─알았다. 끊자.

전화를 끊은 정필은 그제야 긴 한숨을 토했다.

"휴우… 이제 됐습니다."

그의 말에 비로소 팁랑과 한스 부부 등은 안도의 표정을 지었다.

제49장
피에 젖은 두만강

　밤 11시쯤에 옥단카의 전화가 왔는데 무사히 홍하현 멍쯔
시에 도착했다고 한다.

　멍쯔시는 옥단카가 오랫동안 살고 있는 도시이기 때문에
그녀의 구역이라고 할 수 있다.

　그녀는 평소에 잘 아는 묘족이 운영하는 묘족 전통 숙소에
13명의 탈북자를 투숙시켰다고 팁랑이 통역해 주었다.

　옥단카는 마지막 말을 하고 전화를 끊었다.

　"옥단카, 정필 사랑해."

　옆에서 여자들이 '와아!' 하고 웃는 소리가 들렸다. 아마도

향미 등 여자들이 옥단카에게 '사랑해'라는 새로운 한국말을
가르쳐 준 것 같았다.

"정필도 옥단카 사랑해."

정필은 전화를 끊기 전에 옥단카의 사랑 고백에 화답을 해
주었다.

홍하현으로 가는 심야버스를 탄 재영과 동수에게서 전화가
온 것은 자정이 조금 못 된 시간이었다.

두 사람은 심야버스가 곤명과 홍하현 중간의 휴게소에 들
렀을 때 전화를 했다.

정필은 재영에게 옥단카와 탈북자들이 투숙한 전통 숙소의
위치와 전화번호를 가르쳐 주었다.

옥단카는 전화를 끊기 전에 정필에게 사랑한다고 말했었는
데, 재영은 자기가 내기에서 졌으니까 정말 옥단카의 '종'이 돼
야 하느냐고 물었다.

정필의 대답은 간단했다.

"알아서 하십시오."

정필이 알고 있는 재영은 약속을 칼처럼 지키는 사람이다.

아마도 재영은 옥단카의 '종'이 될 것만 같았다.

시간이 새벽 1시가 다 돼가고 있어서 매콩강을 건너는 배
가 없기 때문에 정필과 팁랑은 타완림콩에서 자고 갈 수 밖에

없는 상황이다.

정필은 전화를 기다리면서 홀짝홀짝 마신 맥주가 5병이지만 워낙 주량이 센 탓에 끄떡도 하지 않았다.

그렇지만 팁랑은 분위기에 휩쓸린 탓에 홀짝거리면서 맥주를 2병 마셨는데, 중요한 건 그녀가 술이 매우 약하다는 사실이다.

피곤했던 정필은 베개에 머리를 대자마자 잠에 빠졌다.

"……."

그러고는 누군가 문을 두드리는 소리에 잠이 깼다.

문을 열어보니 흐릿한 복도의 조명 아래 팁랑이 잔뜩 겁에 질린 표정으로 서 있는 모습이 보여서 정필은 깜짝 놀랐다.

"팁랑, 무슨 일입니까?"

팁랑은 반쯤 열린 문밖에 서서 오들오들 떨었다.

"무서워서 도저히 혼자서 못 자겠어요. 정필 씨하고 같이 자면 안 될까요?"

"어서 들어오십시오."

정필이 팁랑의 손을 잡고 안으로 이끌고 문을 닫자 그녀는 비틀거리다가 그의 품에 안겼다.

정필은 그녀가 많이 떨고 있는 것을 느꼈다.

"얼마나 문밖에 서 있었습니까?"

"아아… 30분쯤……."

객실과 달리 복도는 난방이 되지 않아서 밤에는 냉장고처럼 춥다. 그런 곳에 30분이나 서 있었으니 팁랑의 몸이 얼음장이 돼버렸다.

"침대에서 주무십시오. 나는 바닥에서 자겠습니다."

정필이 침대로 이끌자 팁랑이 파랗게 언 얼굴로 달달 떨면서 겨우 말했다.

"그냥 침대에서 같이 자요. 아무 짓도 안 할게요."

애써 미소를 짓는 팁랑이 요정처럼 예뻤다.

쉽사리 욕정 따위에 휘둘리지 않을 자신이 있는 정필은 팁랑과 함께 침대에 누워 추위에 떨고 있는 그녀를 깊이 품에 안았다.

"아아… 따뜻해요."

두 사람은 5분이 지나기 전에 곯아떨어졌다.

정필은 아침에 잠에서 깨어 눈을 뜨고는 적잖이 당황하고 말았다.

그런데 그가 눈을 떴을 때 공교롭게 팁랑도 거의 동시에 눈을 떴다.

그리고 두 사람은 한 가지 사실을 깨달았다.

두 사람이 서로 마주 보는 자세로 꼭 안고 있으며 얼굴이,

아니, 입술이 거의 닿을 정도로 가깝다는 것이다.

정필은 아까 잠이 들기 전까지만 해도 아무리 팁랑과 한 침대에서 잠을 잔다고 해도 자신은 쉽사리 욕정 같은 것에 휘둘리지 않을 자신이 있다고 확신했었다.

그런데 그게 아니었다. 이렇게 팁랑을 꼭 안고 있다는 것은 잠결에 욕정이 발동했다는 것이다.

그는 깨어 있을 때는 몰라도 잠든 무의식 상태에서는 전혀 자신을 제어하지 못했다.

팁랑은 전날 밤에 뱀 꿈을 꾸었기 때문에 이런 일이 벌어졌다고 믿었다. 라오스에서는 여자가 뱀 꿈을 꾸면 외간 남자와 음탕한 짓을 한다고 해몽을 한다.

정필은 난감했지만 그래도 일이 이미 벌어졌기 때문에 어떻게 하든 유연하게 이 상황을 넘겨야겠다고 생각했다.

그는 화들짝 놀라서 수선을 피우는 어줍지 않은 짓을 하지 않고 외려 담대하게 나갔다.

"잘 잤어요?"

"네……."

그는 팁랑을 안고 있는 팔을 풀었다.

"침대에서 내려가면 지금 있었던 일은 다 잊는 겁니다."

"네……."

정필은 그렇게 말하면서 온몸에 닭살이 돋는 것을 느꼈다.

이래서 남녀가 한 침대에서 자면 안 되는 것이다.

다음 날, 그러니까 2월 1일 아침에 정필과 팁랑이 라오스 통평의 집에 돌아오고 나서 3시간쯤 지나 민효중과 캄분이 탄 SUV 한 대가 마당으로 들어섰다.

"터터우!"

운전석에서 뛰어내린 캄분이 집에서 나오고 있는 정필에게 달려오며 외쳤다.

"다녀왔습니다!"

캄분은 피곤한 기색이 역력한데도 환하게 웃었다.

"멋진 녀석입니다! 아주 마음에 듭니다!"

캄분은 너무 흥분을 해서인지 정필 뒤쪽에 서 있는 아내 팁랑에게는 알은척도 하지 않았다.

조수석에서 내린 민효중이 다가오면서 정필에게 가볍게 고개를 끄떡였다.

"늦었습니다."

"수고했습니다."

캄분은 자신이 얼마나 멋진 녀석을 몰고 왔는지 자랑하고 싶어서 안달이 났다.

"1996년 8월에 나온 그랜드체로키입니다! 출고된 지 다섯 달도 안 되는 신차입니다!"

태국에서 여기까지 장장 1,500㎞를 달려오느라 흙투성이가 되었지만 정필의 눈에 비친 미국산 SUV 그랜드체로키의 위용은 캄분이 말한 그 이상이었다.

　민효중이 서류를 내밀었다.

　"대형 버스 3대, 소형 버스 3대, 미니밴 3대, SUV 4대, 승용차 2대, 총 15대에 66만 달러가 들었습니다."

　정필은 영문으로 작성된 계산서를 대충 살펴보았다.

　"차는 어디에 있습니까?"

　"반파크른 선착장에 있습니다."

　민효중의 말에 정필은 의아한 표정을 지었다.

　"왜 선착장에 있습니까?"

　민효중은 빙그레 웃었다.

　"태국으로 왔습니다. 솝루악까지 와서 차들을 보더크로스 페리에 싣고 반파크른으로 건너왔습니다. 차를 몰고 온 방콕의 운전수들은 돈을 줘서 돌려보냈습니다."

　정필은 고개를 끄떡였다.

　"태국 쪽 도로 사정이 좋은 모양이로군요?"

　"태국은 일단 포장도로입니다. 그리고 거리상으로도 라오스보다 훨씬 가깝습니다. 라오스로 왔으면 아직도 대여섯 시간은 더 달려야 도착할 겁니다."

보케오 반파크른 선착장 공터에 민효중과 캄분이 태국 방콕에서 몰고 온 차량들이 일렬로 늘어서 있고, 그것을 구경하려고 많은 사람이 몰려들었다.

도착했을 때 캄분이 국경 검문소 군인들에게 새로 시작하는 관광사업에 필요한 차량들이라고 말하니까 책임 장교가 군인들로 하여금 차량들을 지키도록 했다.

정필 일행이 선착장에 도착해서 차량들을 살펴보고 있을 때, 국경 수비대 군인들에게 연락을 받은 보케오 주지사 분후앙이 도착했다.

정필은 분후앙에게 선물하기 위해서 민효중에게 따로 최고급 승용차를 구입하라고 부탁했었다.

정필은 1986년산 낡은 도요타 캠리에서 내린 분후앙과 악수를 한 후에 그를 한 대의 벤츠로 인도했다.

"주지사께 드리는 선물입니다."

정필이 영어로 말하자 분후앙은 처음에는 그 말을 제대로 알아듣지 못했다.

"아……."

50대 중반의 다혈질적인 외모를 지닌 분후앙은 눈앞에 서 있는 1996년산 거대한 벤츠 S600 V12 앞에서 기가 질린 얼굴로 탄성을 토해냈다.

정필은 길림성 당서기 위엔씬과 연길 공안국장 장취방에게도 멋진 외제차를 선물했으며, 그런 방법은 어느 나라 고위 관리에게도 100% 먹히는 최고의 방법이라는 사실을 알게 되었다.

한 가지 단점이 있다면 이런 방법의 뇌물에는 돈이 많이 든다는 사실이다.

그러나 정필에겐 민성환이 담당하고 있던 마카오 방코델타 아시아은행의 25억 달러, 한화로 2조 8,500억 원이라는 어마어마한 돈이 있다.

라오스 보케오에 투자하는 700만 달러나 곧 태국 치앙라이에 투자하게 될 것으로 보이는 몇 백만 달러는 25억 달러에 비하면 말 그대로 새 발의 피다.

"미스터 초이……."

분후앙은 너무 놀라서 말을 잇지 못하고 눈을 휘둥그렇게 뜬 얼굴로 벤츠 S600과 정필을 번갈아 쳐다보았다.

정필은 이런 상황에 가장 적절한 멘트를 겸손함과 정중함을 곁들여서 했다.

"약소합니다. 편하게 타십시오."

"오오… 이 차를 내게 주는 것이오?"

"그렇습니다."

분후앙은 정필의 손을 덥석 잡고 아래위로 크게 흔들었다.

"고맙소……! 정말 고맙소……!"

그 모습을 보면서 김길우와 민효중, 캄분은 흐릿한 미소를 지었다.

특히 정필과 민효중은 의미 있는 미소를 교환했다. 메콩강 건너 숨루악 타완림콩 주차장에 벤츠 S600 한 대를 놔두고 왔는데, 그 차는 치앙라이 주지사에게 줄 선물이다.

부웅―

벤츠 S600이 앞서고 그랜드체로키가 뒤따라서 메콩강변을 달리고 있다.

분후앙 주지사는 정필이 짓게 될 호텔 부지를 무상으로 제공하겠다고 말하더니 부지를 보여주겠다며 직접 앞장서고 있는 것이다.

반파크른에서 메콩강 하류 쪽으로 1.5㎞쯤 내려온 곳에 이르러 벤츠가 멈추고 뒤따르던 크랜드체로키도 멈췄다.

"어떻소? 저기부터 저곳까지 약 10만 평방미터요."

분후앙은 손으로 메콩강 상류에서 하류 쪽으로 죽 긁듯이 가리켰다.

벤츠 S600을 선물로 받은 답례치고는 이 정도면 괜찮지 않으냐는 표정이 그의 얼굴에 역력했다.

10만 평방미터면 아무리 큰 축구장이라고 해도 10개 이상을 지을 수 있는 어마어마한 크기다.

"여기에 호텔을 짓는 겁니까?"

정필이 묻자 분후앙은 어깨를 흔들며 껄껄 웃었다.

"하하하! 이만한 호텔이라면 세계에서 가장 규모가 큰 호텔을 지어야 할 거요."

"그렇겠죠."

"내 말은 가장 좋은 위치에 호텔을 짓고 주변의 토지를 호텔 부대시설이나 정원, 산책로 같은 것으로 사용해도 좋다는 뜻이오."

"그렇군요."

야트막한 언덕 중간에 정필과 김길우, 민효중, 캄분이 나란히 서서 유유히 굽이쳐 흐르는 메콩강을 바라보았다.

네 사람의 눈에는 이미 잘 지어진 근사한 호텔과 주변의 경관이 눈에 선하게 보이는 듯했다.

'호텔이 들어서면 한꺼번에 탈북자 백 명씩 수용해도 괜찮을 것이다.'

정필의 머릿속에는 오로지 탈북자 생각으로 가득하다.

분후앙은 호텔 부지뿐만 아니라 반파크른에 번듯한 임시 사무실도 하나 빌려주었다.

옥단카와 재영에게서는 연락이 없다. 그렇다는 것은 현재 베트남 밀림 속을 뚫고 오고 있다는 뜻이다.

오늘 밤에 캄분이 차를 갖고 출발해서 내일 중으로 타이창에서 옥단카와 재영 일행을 기다렸다가 데리고 올 것이다.

정필 등은 밤 9시가 다 돼서야 통펑 캄분의 집으로 돌아와서 남자들끼리 씻으러 집 뒤쪽 간이 샤워실로 우르르 몰려갔다.

한밤중 캄분의 집 2층 아지트 발코니에 정필 일행이 모였으며, 오늘의 회의 주제는 두 개다.

첫째는 라오스 보케오와 태국 치앙라이에서의 관광사업에 대한 세부적인 의논이다.

그리고 둘째는 옥단카와 재영이 탈북자들을 이끌고 이곳에 도착하면 정필이 라오스를 떠난다는 사실이다.

"이건 어떤가요?"

요리와 술이 떨어지면 아래층에 가서 부지런히 가지고 오던 팁랑이 테이블에 펼쳐져 있는 지도를 정필의 어깨 너머로 팔을 뻗어서 가리켰다.

"저기에 새로운 전용 노선(路線)을 만드는 거예요."

"팁랑, 그게 무슨 얘기지?"

맞은편에 앉은 캄분이 의아한 표정을 지었다.

팁랑은 한 손으로 정필의 어깨를 짚고 상체를 숙여 지도의 한 곳을 가리켰다.

"여기에 호텔을 지을 거 아닌가요?"

"그렇습니다."

정필의 대답에 팁랑은 메콩강 맞은편을 가리켰다.

"그리고 여기에 태국 쪽 호텔을 지을 거죠?"

"맞습니다."

"그러니까 여기에서 여기까지 두 호텔 사이에 정기 노선을 만들자는 거예요."

정필은 머릿속이 확 밝아지는 느낌이다. 그는 자신의 의자 한쪽을 비워주었다.

"여기 앉아서 자세히 설명하십시오."

팁랑은 서슴없이 정필 옆에 앉아서 지도의 한 곳을 짚으며 설명했다.

"그러니까 호텔 전용 페리를 띄우는 거예요. 호텔 이용객이나 우리 관광객만 이용할 수 있는 거죠. 그러면 구태여 배를 타러 반파크른 선착장까지 가지 않아도 되죠."

"굿 아이디어입니다."

정필이 크게 기뻐하자 팁랑은 신났다.

"반파크른처럼 페리에 차도 실을 수 있을 거예요."

"물론입니다. 분후앙 주지사에게 이 아이디어를 트라이해 봐야겠습니다."

민효중이 한 마디 거들었다.

"정필 씨, 이건 좀 공사가 커지는 얘긴데……."

"상관없습니다. 말해 보십시오."

"케이블카는 어떻습니까?"

민효중은 조심스럽게 말했고 정필은 움찔 놀라더니 손바닥으로 무릎을 쳤다.

"아주 좋은 생각입니다!"

정필은 아예 한 걸음 더 나갔다.

"서로 마주 보는 양쪽 호텔 꼭대기에 케이블카를 설치하는 겁니다. 그리고 국경 검문소와 출입국 사무소 직원들이 파견을 나오면 출입국 문제는 해결될 겁니다."

민효중은 고개를 크게 끄떡였다.

"케이블카에서 메콩강을 바라보는 경치는 장관일 겁니다. 잘 하면 이거 케이블카가 골든트라이앵글의 새로운 명물이 되겠군요."

"그러게 말입니다. 팁랑 씨가 아주 좋은 아이디어를 냈습니다. 고맙습니다."

정필의 칭찬에 팁랑은 얼굴을 붉히고 부끄러워하면서도 좋아했다.

맞은편의 캄분이 팁랑을 보며 흐뭇하게 웃었다.

"팁랑, 좋은 소식 말해줄까?"

"뭔데요?"

"터터우께서 통펑에 초등학교를 세우고 싶다고 주지사에게 건의했어."

"네에?"

팁랑은 깜짝 놀라서 몸을 틀어 정필을 바라보다가 의자가 좁아서 떨어질 것 같으니까 얼른 손을 뻗어 정필의 허벅지를 붙잡았다.

"정말이에요?"

정필은 미소를 지었다.

"주지사가 통펑에 초등학교를 지어주겠다고 약속했습니다."

팁랑은 어제 태국 숩루악 타완림콩으로 갈 때 딸 카오가 6km 거리의 반파크른에 있는 초등학교에 걸어서 통학을 한다고 정필에게 말했었는데, 정필이 통펑에 초등학교를 지어준다는 것이다.

팁랑은 정필이 초등학교를 자신과 딸 카오에게 선물하는 것이라고 생각해서 가슴이 터질 것처럼 기뻤다.

캄분이 팁랑에게 환하게 웃으며 마치 자신이 이 일을 이룬 것처럼 의기양양했다.

"주지사가 약속할 수밖에 없었어. 터터우께서 초등학교 지을 돈을 전부 다 대시겠다고 말씀하셨는데 거절할 이유가 뭐가 있겠어?"

팁랑은 감동해서 눈물을 글썽였다.

"고마워요, 정필 씨."

정필 등이 밤늦도록 자지 않고 이런저런 얘기를 하고 있었던 것은 자정 넘어서 민효중과 캄분이 타이창으로 길을 떠나기 때문이다.

두 사람이 타이창에서 옥단카와 재영, 그리고 탈북자들을 데리고 통평에 도착하면 정필이 직접 그들을 이끌고 방콕으로 갈 계획이다.

민효중은 그랜드체로키를, 캄분은 벤츠 소형 버스를 몰고 통평을 출발했다.

지금 출발을 해야지만 늦지 않게 내일 아침에 타이창에 도착할 수가 있다. 옥단카 일행보다 일찍 가서 기다려야 하기 때문이다.

앞으로 이들은 라오스 베트남 국경 지역인 타이창까지 탈북자들을 데리러 부지런히 왕복할 것이다.

두 사람을 보낸 정필과 김길우는 2층으로 올라가고 팁랑은 아래층으로 들어갔다.

"터터우, 술 더 하시갔슴까?"

"그럴까요?"

두 사람은 밖이 쌀쌀해져서 발코니 테이블에 있던 다 식은 요리와 마시다가 남은 술병을 들고 방바닥에 앉았다.

캄분네 집은 겉보기는 유럽풍이지만 내부는 그냥 라오스식이다. 침대는 있지만 방바닥에서 생활한다.

"터터우께서 방콕으로 가시면 저하고 옥단카는 곤명을 통해서리 연길로 갑니까?"

두 사람은 라오라오를 마시면서 대화를 했다.

"아닙니다. 옥단카가 도착하는 대로 길우 씨하고 다 같이 태국 숨루악으로 넘어가서 거기 출입국 사무소에서 입국 증명을 받읍시다."

김길우는 눈을 크게 떴다.

"그래도 됨까?"

"여권 갖고 있지요?"

김길우는 품속에서 부스럭거리며 여권을 꺼냈다.

"갖고 있슴다."

옥단카가 여권을 갖고 있는 것을 정필이 확인을 했었으니까 문제가 없다.

숨루악 출입국 사무소 직원 링이나 소장 메오에게 부탁하면 두 말 없이 여권에 입국 증명 스탬프를 찍어줄 것이다.

정필과 김길우가 이런저런 대화를 나누면서 술을 마시고 있는데 팁랑이 올라와서 새로 만든 요리와 술을 내려놓고 식은 요리를 치우고는 다시 돌아와 술자리에 합류했다.

"팁랑은 술이 약하지 않습니까?"

정필의 물음에 팁랑은 수줍게 미소 지었다.

"요즘 술을 자주 마셔서 조금 세졌어요."

"그러다 취하면 어쩝니까?"

팁랑은 살짝 눈웃음을 치며 정필을 바라보았다.

"정필 씨가 계시잖아요."

*　　　*　　　*

"오라바이, 어디에 계심까?"

귀에 익은 목소리에 정필은 움찔 놀랐다.

그러나 그는 자신이 잠을 자고 있다는 사실을 깨달았다. 그는 꿈을 꾸고 있는 것이고, 꿈속에서 은애 목소리가 들렸다.

"오라바이, 저 은애임다."

"은애 씨……."

잠을 자고 있으니 또 꿈이라고 생각하면서도 정필은 정신이 번쩍 들었다.

그러면서 지금 잠에서 깨면 안 된다고 결사적으로 저항을 했다. 잠에서 깨면 은애의 목소리를 들을 수 없을 것 같기 때문이다.

"흑흑흑……! 오라바이, 저는 이상한 곳에 있슴다. 여기가 어디인지 모르갔슴다."

"은애 씨! 어디에 있습니까?"

정필은 꿈속에서 목이 터져라 은애를 불렀다.

"흐으응… 오라바이… 왜 대답이 없슴까? 이자 저를 잊어버린 거임까? 어케 저를 찾지도 않슴까?"

"은애 씨! 은애 씨!"

정필은 애타게 은애를 부르다가 어느 순간 잠이 깨서 번쩍 눈을 뜨고 말았다.

그 순간에도 눈을 뜨면 은애의 목소리를 들을 수 없다는 생각에 안타깝기 그지없었다.

과연 눈을 뜨는 순간 은애의 목소리는 더 이상 들리지 않아서 그를 착잡하게 만들었다.

정필이 일어나서 계단을 내려가자 수돗가에서 채소를 씻고 있던 팁랑이 환하게 미소 지었다.

"잘 잤어요?"

"네, 팁랑 씨도 잘 잤습니까?"

"네."

정필이 기지개를 켜면서 마당을 거닐고 있는데 팁랑이 물 묻은 손으로 머리카락을 쓸어 넘기며 말했다.

"남편이 전화했는데 아직 아폴로 팀장님을 만나지 못했다는군요."

"네."

정필의 귀에는 팁랑의 말이 들어오지 않았다. 머릿속에는 온통 은애 생각만 가득하다.

은애 말에 의하면 그녀는 지금 이상한 곳에 있다고 했다. 그렇다면 무산 두만강 북한 쪽 강변이 아닌 게 분명하다. 그녀 자신도 모르는 장소에 있는 것이다.

1월 6일 위엔씬을 만나러 장춘에 갔다가 화장실에서 은애가 갑자기 사라졌으며 오늘이 2월 2일이니까 근 한 달 만에 은애의 목소리를 들었다.

정필은 그게 단순하게 꿈일 거라고는 생각하지 않았다. 처음에 은애하고 연결됐을 때도 꿈같았었고, 두 번째로 재회할 때도 꿈속에서 은애가 자신이 두만강 강가에 있다고 알려주었었다.

'은애 씨, 도대체 어디에 있는 겁니까?'

오늘 아침 따라 정필은 은애가 사무치게 그리웠다.

정필은 옥단카와 재영을 기다리는 동안 숨루악에 가서 치앙라이 주지사를 만나기로 했다.

오늘에서야 안 사실이지만 주지사는 치앙라이 숨루악 출입국 사무소와 관공서들, 그리고 심지어 군 병력까지 동원시켜서 정필을 발견하는 즉시 자신에게 데려오라는 명령을 내려놨다고 한다.

그만큼 절실하게 정필은 만나고 싶은 것이다. 아니, 정필이 치앙라이에 투자해 주기를 원하고 있다.

정필은 김길우와 팁랑을 데리고 보케오 반파크른에서 솝루악으로 넘어가자마자 태국 군인들에게 체포당했다. 치앙라이 주지사를 만나러 가는 길이라고 말했지만 군인들은 들으려고도 하지 않았다.

그렇지만 군인들은 정필 일행을 우악스럽게 대하지는 않고 매우 정중하게 승용차에 태워서 솝루악에서 70㎞ 떨어진 치앙라이시에 있는 주지사 집무실로 모셔갔다.

그곳에서 정필 일행은 주지사로부터 융숭한 대접을 받고 3시간 후에 풀려났다.

그냥 풀려난 게 아니라 정필이 솝루악에 호텔을 짓고, 메콩강 투어, 치앙라이 관광사업 등 총규모 1,200만 달러를 투자하겠다는 양해각서(MOU)를 체결하고서야 가능했다.

보케오에 비해서 치앙라이의 투자 금액이 훨씬 많아진 이유는 신축하게 될 호텔 옥상에 케이블카를 설치하는 것 때문이다.

그걸 감안해서 보케오의 투자 금액도 새로 계산하면 그만큼 불어날 수밖에 없을 것이다.

정필은 치앙라이 주지사 팜롱 닉네임 '무'를 데리고 솝루악에 가서 주차해 둔 벤츠 S600 V12를 선물로 주었고, 무가 너무 좋아서 입이 찢어진 것은 너무도 당연한 일이다.

"보케오 쪽에 짓게 될 호텔은 저기에서부터 저기까지 10만 평방미터 규모입니다."

그러면서 메콩강 건너를 가리키면서 넌지시 보케오 주지사가 호텔 부지 10만 평방미터를 무상으로 제공했는데 당신은 어쩔 것이냐는 식으로 운을 뗐다.

"분후앙이 그랬다는 거요?"

치앙라이 주지사 팜롱 '무'는 메콩강 너머를 보면서 넓적한 코를 벌름거렸다.

참고로 태국 닉네임 '무'는 돼지라는 뜻이다.

정필은 캄분의 집 2층, 자신이 사용하던 방에서 떠날 준비를 하고 있었다.

민효중과 캄분이 옥단카와 재영 일행을 만나서 이곳으로 오고 있다는 전화를 받은 것이 5시간 전이니까 오래지 않아서 도착할 것이다.

그럼 정필과 김길우는 그들을 이끌고 곧장 메콩강을 건너 타완림콩으로 갈 생각이다.

똑똑똑…….

"들어오십시오."

노크 소리가 났고, 방 안으로 들어선 사람은 팁랑이다. 그녀는 방 안으로 들어와 등 뒤로 문을 닫았다.

배낭을 꾸리고 있던 정필은 손을 멈추고 팁랑을 쳐다보았다.

"팁랑 씨."

그는 팁랑이 왜 자신을 찾아왔는지 짐작했다. 작별 인사를 하러 왔을 것이다.

"정필 씨."

팁랑이 몹시 슬픈 얼굴로 정필에게 가까이 다가섰다.

"지금 떠나면 언제 다시 올 거죠?"

"잘 모르겠습니다."

팁랑의 눈에는 눈물이 가득 고였다. 그녀는 그동안 정필하고 각별하게 정이 들었다.

며칠 전 타완림콩에서 정필과 같은 침대에서 잤을 때, 사실 그녀는 밤새 거의 잠을 이루지 못했었다. 정필처럼 근사한 남자의 품에 안겨 있는데 잠이 든다면 어디가 좀 모자란 여자일 것이다.

"안아주세요."

다시는 보지 못할 거라는 생각을 한 팁랑은 용기를 내서 정필에게 몸을 밀착시켰다.

정필은 빙그레 미소 지으며 그녀를 포근하게 안아주었다.

그는 자신을 올려다보는 팁랑이 울고 있는 것을 보았다. 그리고 지금 그녀의 표정이 누구와 매우 닮았다는 생각이 들었다.

은애와 은주, 향숙, 그리고 소영이다. 그녀들이 정필을 뜨거운 눈빛으로 바라보던 그것과 지금 팁랑의 눈빛은 크게 다르지 않았다.

"팁랑⋯⋯."

정필이 무슨 말을 하려는데 팁랑이 까치발을 세우고 키를 높이더니 두 팔로 그의 목을 감고 매달리면서 입술을 덮어왔다.

정필이 움찔 놀라 떼어내려는데 그녀가 입술을 비비면서 울며 속삭였다.

"I love you⋯⋯."

2월 3일 밤 10시경에 민효중과 캄분이 벤츠 소형 버스와 그랜드체로키를 몰고 통평 메콩강 비포장도로에 멈춰 섰다.

캄캄한데다 인적이라곤 없는 한적한 강가에 사람들이 우르르 쏟아져 내렸다.

"준샹!"

소형 버스에서 내린 옥단카가 제일 먼저 정필에게 뛰어왔다.

"준샹, 옥단카 왔다."

"잘했다, 옥단카."

정필은 옥단카를 품에 안고 머리를 쓰다듬었다.

"오라바이!"

"미카엘 님!"

재영과 동수, 민효중과 캄분이 다가오기도 전에 향미와 여자들이 우르르 정필에게 몰려들었다.

"향미야! 재희, 주희, 너희도 왔니?"

향미와 재희가 정필의 양쪽에 안겼다.

재희는 향미와 함께 연길 예화툰에 있었고, 주희는 재희 언니이며 정필에게 재희를 구해 달라고 부탁했었다.

정필은 재영과 동수가 다가오는 것을 보고 향미의 등을 떼어냈다.

"팀장님."

재영은 쓸쓸한 표정을 지으며 아무 말도 하지 않았다.

정필은 옥단카하고의 내기에서 진 재영의 기분이 형편없을 거라는 생각에 고개만 가볍게 끄떡여 보였다.

정필은 메콩강을 건널 13명의 탈북자와 김길우, 옥단카, 재영을 배에 태우고 나서 민효중, 캄분과 마주 섰다.

"잘 부탁합니다."

그동안 정이 듬뿍 든 캄분은 눈물을 흘렸다.

"터터우, 다시 오실 땐 이곳이 많이 변했을 겁니다."

정필은 캄분의 어깨를 두드리고 나서 민효중의 손을 잡았다.

"잘 부탁합니다."

"여기 일은 걱정하지 마십시오."

"효중 씨에게 너무 큰일을 맡겼습니다. 내가 연봉이라도 두둑하게 따로 챙겨줄 수 있으면 좋을 텐데."

민효중은 빙그레 웃었다.

"요즘 안기부 봉급 많이 세졌습니다. 가족이 먹고 사는 데 지장 없습니다."

정필은 이곳 호텔 신축이나 관광사업에 대해서는 민효중에게 거의 맡겨놓았다.

만약 그가 없었다면 이곳에서의 사업 같은 것은 꿈도 꾸지 못했을 것이다.

정필은 마지막으로 나란히 서 있는 동수와 연정인 앞에 섰다.

"동수 형, 필요한 거 있으면 언제든지 전화해."

동수는 정필의 손을 잡고 환하게 웃었다.

"필요한 게 뭐 있겠냐? 여기에 다 있는데."

동수는 연정인 어깨에 팔을 둘렀다.

"집 지어 주겠다, 차 주겠다, 며칠에 한 번씩 밀림에 다녀오기만 하면 연봉 빵빵하게 주겠다, 뭐가 더 필요하겠냐? 나 여기에서 재벌처럼 살란다."

정필은 동수 부부에게 캄분네 집 옆 공터에 유럽식 새집을 지어주기로 했다. 물론 캄분 집처럼 5년씩이나 걸리지 않고 몇 달이면 완성될 것이다.

그동안 동수 부부는 캄분 집에서 신세를 지기로 했다.

연정인이 생긋 미소 지었다.

"정필 씨, 저도 여기가 마음에 들어요. 어쩌면 뿌리내리고 살지 몰라요."

정필은 동수를 여기에 놔두고 재영은 중국 연길에 데려가기로 마음먹었다.

재영 같은 고급 인력은 효용 가치가 더 높은 곳에 사용하려는 것이다.

이틀 후, 2월 5일 오전 9시 25분.

방콕 돈므앙국제공항에서 이륙하는 북경행 비행기에 정필 일행이 타고 있었다.

타이항공 2층 비즈니스석에 정필과 재영, 김길우, 옥단카가 탔는데, 비행기를 처음 타보는 김길우와 옥단카 때문에 작은 소란이 벌어지기도 했다.

이코노미석보다 훨씬 넓은 비즈니스석에 각각 혼자 앉은 김길우와 옥단카는 비행기가 육중하게 활주로를 구르기 시작하자 깜짝 놀라서 허둥거렸다.

그러고는 마침내 비행기가 둥실 하늘로 솟구치자 김길우는 눈을 꼭 감고 두 팔로 머리를 감싼 채 고개를 푹 숙이고 꼼짝도 하지 않으면서 '나무아미타불'만 입속으로 외웠다.

옥단카는 창밖을 내다보더니 비행기가 구름을 뚫고 자꾸만 위로 솟구치자 얼굴이 하얗게 질려서 바들바들 떨었다.

그러다가 정필이 안전벨트를 풀어도 좋다고 손짓을 해보이니까 제 손으로 안전벨트를 풀지 못해서 애를 먹었다.

결국 정필이 안전벨트를 풀어준 후 옥단카는 정필의 자리에서 그에게 꼭 붙어서 북경까지 비행했다.

*   *   *

북한 무산 두만강변, 밤 9시 34분.

바삭… 사박… 사박…….

캄캄한 어둠 속, 눈이 수북하게 쌓인 강변을 조심스럽게 걸어가는 한 무리의 사람이 있다.

그들은 세 가족으로 10대 소년, 소녀 3명을 포함하여 모두 12명이다.

선두의 중년 남자가 캄캄한 바닥을 내려다보면서 천천히 전진하고, 다른 사람들이 일렬로 긴 띠를 이룬 채 그 뒤를 따르고 있다.

지금 이맘때의 두만강은 트럭이 지나가도 끄떡없을 정도로 꽝꽝 얼어서 두만강 무산 지역만 해도 하룻밤 사이에 많게는 30명 이상의 북한 사람이 도강을 해서 중국으로 넘어간다.

"악!"

그런데 갑자기 선두에서 가던 중년 남자가 갑자기 짧은 비명을 터뜨렸다.

"여보, 무슨 일임까?"

"아아… 뭐이 발을 찔렀다이… 으으……."

중년 남자는 눈 바닥에 주저앉아 있는데 오른쪽 발이 온통 피투성이다.

급히 달려온 아내가 그 광경을 보고 사색이 되었다.

"옴마야… 못 판임다… 이를 으쩌나… 여보, 나그네……."

중년 남자의 오른발을 뚫고 발등으로 튀어나온 것은 어른 손으로 한 뼘이나 되는 긴 대못이다.

북한 국경 수비대에서는 탈북자들을 막으려고 강으로 가는 길목에 대못을 거꾸로 박아서 세워놓은 이른바 못 판을 일렬로 죽 깔아놓았다.

못 판이 수북한 눈 속에 감춰져 있기 때문에 겉으로는 절대로 알아낼 수가 없다.

파악!

그때 무산 쪽 강둑에서 갑자기 서치라이트가 켜지더니 이쪽을 비췄다.

"아앗!"

"들켰다!"

탈북자들이 당황해서 우왕좌왕하다가 두만강 쪽으로 우르르 달리기 시작했다.

꽉! 퍼퍽!

"아악!"

"우왓!"

거기 못 판이 있다는 것을 미처 모르는 사람들이 대못에 발이 뚫리며 바닥에 나뒹굴었다.

그리고 바로 그때, 무산 쪽 강둑 위에서 묵직한 기관총 소리가 울렸다.

투타타타타탓—

못 판에 찔려서 주저앉아 있던 사람들이나 요행히 못 판을 피해 얼어붙은 두만강으로 달리던 사람들을 향해 총탄이 소나기처럼 쏟아졌다.

그리고 애처로운 비명 소리가 한겨울 두만강의 잿빛 하늘로 울려 퍼졌다.

『검은 천사』 8권에 계속…

초대형 24시 만화방

신간 100%, 샤워실, 흡연실, 수면실(침대석), 커플석, 세탁기 완비

■ 강북 노원역점 ■

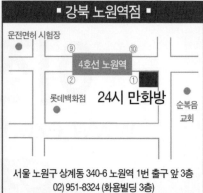

서울 노원구 상계동 340-6 노원역 1번 출구 앞 3층
02) 951-8324 (화용빌딩 3층)

■ 일산 정발산역점 ■

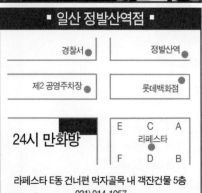

라페스타 E동 건너편 먹자골목 내 객잔건물 5층
031) 914-1957

■ 일산 화정역점 ■

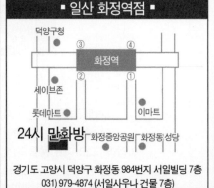

경기도 고양시 덕양구 화정동 984번지 서일빌딩 7층
031) 979-4874 (서일사우나 건물 7층)

■ 부천 역곡역점 ■

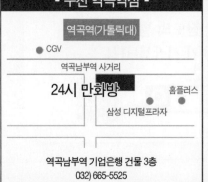

역곡남부역 기업은행 건물 3층
032) 665-5525

■ 부평역점 ■

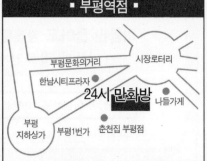

(구) 진선미 예식장 뒤 보스나이트 건물 10층
032) 522-2871

궁극의 쉐프

Ultimate chef

가프 장편소설

FUSION FANTASTIC STORY

태초의 우물에서 찾은 사막의 기적.
사람의 식성과 식욕을 색으로 읽어내는 능력은
요리의 차원을 한 단계 드높인다.

『궁극의 쉐프』

요리란!
접시 위에 자신의 모든 것을 담아내는 것.

쉐프란!
그 요리에 자신의 가치를 증명하는 사람.

"요리 하나로 사람의 운명도 좌우할 수 있습니다."

혀를 위한 요리가 아닌, 마음을 돌보는 요리를 꿈꾸는
궁극의 쉐프 손장태의 여정이 시작된다!

Book Publishing CHUNGEORAM

철순 장편소설

FUSION FANTASTIC STORY

괴물 포식자

지구 곳곳에 나타난 차원의 균열.
그것은 인류에게 종말을 고하는 신호탄이었다.

『괴물 포식자』

괴물을 먹어치우며 성장한 지구 최강의 사내, 신혁돈.
그는 자신의 힘을 두려워한 인류에 의해
인류의 배신자라는 낙인이 찍히고 죽게 되는데…

[잠식이 100%에 달했습니다.]
[히든 피스! 잠들어 있던 피닉스의 심장이 깨어납니다.]

불사의 괴물, 피닉스의 심장은
신혁돈을 15년 전으로 회귀하게 한다.

먹어라! 그리고 강해져라!
괴물 포식자 신혁돈의 전설이 시작된다!

Book Publishing CHUNGEORAM

유행이 아닌 자유추구 -
WWW.chungeoram.com